건강한 삶을 위한 116가지 사색

건강한 삶을 위한 116가지 사색

발행일	2015년 7월 17일

지은이	김 동 욱		
펴낸이	손 형 국		
펴낸곳	(주)북랩		
편집인	선일영	편집	서대종, 이소현, 이은지
디자인	이현수, 윤미리내, 임혜수	제작	박기성, 황동현, 구성우, 이탄석
마케팅	김회란, 박진관, 이희정, 김아름		
출판등록	2004. 12. 1(제2012-000051호)		
주소	서울시 금천구 가산디지털 1로 168, 우림라이온스밸리 B동 B113, 114호		
홈페이지	www.book.co.kr		
전화번호	(02)2026-5777	팩스	(02)2026-5747

ISBN	979-11-5585-677-2 03810 (종이책) 979-11-5585-678-9 05810 (전자책)

이 도서의 국립중앙도서관 출판예정도서목록(CIP)은 서지정보유통지원시스템 홈페이지(http://seoji.nl.go.kr)와
국가자료공동목록시스템(http://www.nl.go.kr/kolisnet)에서 이용하실 수 있습니다.
(CIP제어번호 :CIP2015019351)

직장인의 삶을 여유롭게 만드는 지혜

건강한 삶을 위한
116가지 사색

김동욱 지음

북랩 book Lab

이 글을 쓰면서 나의 일상에 대해 무수히 많은 생각을 했다. 매일을 살아가면서 지루하게 반복되는 삶에 답답함을 느꼈다. 그것에 대한 돌파구로 책을 읽기 시작했다. 우연히 나의 삶에 찾아온 여러 가지 일들로 인해 나의 마음은 복잡해지게 되었다. '지금까지 살면서 나는 무엇을 위해서 살아온 걸까? 나는 지금 조직 내에서 일을 하며 앞으로 잘해나갈 수 있을까?'라는 의문이 생겼다. 그래서 호기심에 우연히 나만의 독서 프로젝트를 시행하면서 그 안에서 여러 가지 일화들이나 삶의 즐거움을 찾는 방법에 대해 관심을 갖게 되었다.

누구나 한번쯤은 살아가면서 이런 고민을 해 보았을 것이다. 그래서 그러한 생각들을 100일 동안에 걸쳐서 세상을 바라보는 나의 생각과 관점에서 글로 정리해 보았다. 세상을 살아가는 가장 큰 목적은 행복이라는 것을 생각했다. 하지만 그 안에서 행복하기 위해 갖추어야 할 요소들이 많다는 것을 알게 되었다. 행복한 것이 단순히 일을 하지 않고, 내가 편히 쉴 수 있다는 것을 이야기하지는 않는다.

사람들마다 생각하고 바라는 행복이란 기준이 다르기 때문에 그 안에서 사람들마다 입장의 차이라는 것이 발생된다는 것을 알게 되었다. 그러나 공통적인 사항도 있었다. 사람들마다 중요하게 여기는 것들이 있었다. 지금까지 생각하지 못했었는데, 책을 통해 나의 생각을 변화시키게 되었다. 행복하기 위해서는 전제조건이 필요하다는 것을 말이다.

　돈만 많다고 행복한 것이 아니라, 물질이 아니더라도 사람들이 행복을 위해 필요하다고 생각하는 일들이 많다는 것을 깨달았다. 그리고 우리의 삶을 여유롭게 만드는 지혜가 필요하다는 것을 말이다. 나 또한 매일같이 회사생활을 하는 직장인이다. 내가 이글을 쓴 이유도 어떻게 보면 내 삶의 돌파구를 찾기 위해 매일같이 꾸준히 기록한 나의 생각들이다. 책을 읽는 여러분도 한번쯤은 삶에 대해 생각해볼 수 있는 마음의 여유를 가져보길 바란다.

목 차

001

:

삶의 가치를 찾아서

일상생활을 통해 우리는 매 순간을 살아가고 있다. 하루하루의 일상이 즐거운지 아니면 힘겨운 삶인지를 생각하는 것은 우리의 생각으로 결정이 되는 것 같다. 나는 빅터 프랭클의 《죽음의 수용소에서》라는 책을 보며 다시 한 번 우리 자신을 돌아볼 수 있다고 생각한다. 힘겨운 삶에 대해, 우리가 그곳에서 헤어 나오지 못하면 결국 그러한 삶이 우리 인생의 족쇄가 될 수도 있다. 왜냐하면 우리가 받아들이는 삶에 대한 방식이 모두 다르기 때문이다.

현재를 살아가며 당장 우리에게 필요한 것은 과연 무엇일까? 돈, 명예, 권력 등이 우리에게 필요한 것일까? 글쎄, 난 좀 다르게 생각한다. 시중에 나온 많은 자기계발서적을 보면 개인적인 성취에 관한 내용을 많이 다루고 있다. 물론 틀린 말이 아니다. 하지만 그것보다 이 세상을 살아가며 가치 있는 일들을 하는 것이 더 중요하다. 실제 나의 경우에도 개인적인 성취를 원하는 것은 사실이다. 그런데 돈, 명예, 권력만을 따라가다 보면 개인적인 성취나 업적을 남길 수는 있지만, 세상을 살아간다는 것이 그것이 전부가 아닌 것을 알게 되었다.

언젠가 돈을 벌기 위해 발버둥치고 있었다. 그것이 나에게는 중요하던 시기가 있었다. 하지만 돈에 맞춰 살아가는 목표를 설계해 보니, 모든 것을 그것과 연관시켜 생각하게 되었다. 그래서 열심히 일하고, 돈을 벌어서 내가 살고 싶은 이유를 만들다 엄청난 스트레스를 만들게 되었다. 행복해지려고 돈을 벌었지만 오히려 그것의 노예가 되었다. 일부 좋은 점도 있었지만 많은 것들이 나를 힘들게 하였고, 인색해진 내 모습을 발견하게 되었다. 당시 나의 행복지수는 바닥을 찍고 있었다.

무엇이 참된 행복인가? 다시 한 번 생각해 보자. 아직도 나의 마음속에는 행복에 관한 잘못된 기준으로 가득한데, 어떤 실천을 하기는커녕 항상 생각만 하는 바보가 되었다. 빅터 프랭클의 《죽음의 수용소에서》에 나오는 사람들이 느낀 생각은 무엇일까? 하루하루의 삶이 지옥 같다고 생각했을 것이다. 하지만 그 안에서도 사람들은 각자 다른 생각을 갖고 있었다. 살아남은 사람들은 희망을 잃지 않고 긍정적인 생각을 하며 버텨냈던 것이다.

무엇이 생각의 차이를 만들고 있는가? 물론 환경도 중요하지만, 그것을 극복하고자 하는 마음이 있었기에 살아남을 수 있지 않았을까라는 생각이 든다. 세상을 산다는 것 자체가 이런 삶의 연속인 것 같다. 그 안에서 본인의 삶을 만들고 이겨낸 사람들은 자신의 뜻을 이뤄냈다고 할 수 있다.

또 다른 것을 생각해 보자. 만약 우리가 오늘밖에 살 수 없다면

13

무엇을 할 것인가? 오늘도 똑같이 시간이 지나가는 대로 살아갈 것인가? 아니면 내 삶의 마지막을 위해 진정으로 의미 있는 시간을 보낼 것인가? 모든 결정은 내 안에 있다. 지금 이 순간의 선택도 모두 내가 만든 것이다.

다시 한 번 천천히 나를 돌아보자. 지금의 순간의 결정들이 나를 만든 결정체다. 삶을 좀 더 의미 있고 행복하게 만들며 살아가는 것을 꿈꾼다. 그래야 나중에도 후회가 좀 덜하지 않을까 생각된다.

오늘의 삶을 즐기며 살아가자. 오늘 나는 또 한 줄의 글을 쓰며 지금도 나의 삶의 행복과 즐거움을 찾고 있다. 이렇게 글을 쓰다 보면, 행복의 순간을 만들어 가는 방향에 좀 더 다가가는 것 같기 때문이다. 오늘도 나에게 가치 있는 일들을 만들기 위해 노력해 보자. 그렇게 하다 보면 내 생각의 전환을 만들고, 그것을 통해 또 다른 실천의 결과물을 만들기 때문이다. 그리고 지금의 삶에 감사할 수 있고 그것을 통해 보람을 느끼게 된다.

002

:

삶에 대한 의식의 전환

한국에서 살아가는 것이 쉽지 않다. 우리의 일상을 돌아보면 경제 성장이라는 측면에서는 좋을 것 같다는 생각도 들지만, 아직 우리나라 의식 수준은 한참 멀었다는 생각이 든다. 매일을 열심히 살지만, 그 안에서 우리는 무엇을 느끼며 살아가는가? 진정한 행복은 아니란 생각이 든다. 이런 구조적인 틀 내에서 변화를 꿈꾸며 열심히 살아가지만, 그 속도에 비해 우리가 해야 할 것들이 너무 많은 것 같다. 어차피 한번뿐인 인생인데, 즐기며 행복하게 살아가고 싶다.

얼마 전 인도네시아 여행을 통해 그곳 사람들과 우리의 삶에 대한 기준이 많이 다르다는 것을 느꼈다. 실제로 인도네시아의 임금은 우리나라 돈으로 20만 원 수준이라고 한다. 하지만 행복지수는 세계에서 5위 안에 든다고 하니 놀라지 않을 수 없다.

그렇다면 우리는 앞으로 어떻게 살아가야 할까? 지금처럼 그냥 열심히만 살아가면 될 것인가? 나는 생각의 전환이 필요할 것이라 생각한다. 우리나라 제도에 대한 문제도 있지만, 우리 나름대로의 삶에 대한 기준과 의식의 전환이 필요할 것이다. 열심히만 사는 것이 아니라 행복의 대한 기준을 명확히 하여 그것에 초점을 맞추어야 할 것이다. 그것을 위해선 지금 우리부터라도 생각을 조금 바꿔야 하지 않을까 생각한다. 우리에게 진정으로 필요한 것이 무엇인지, 원초적인 질문부터 말이다.

과거에 살아온 삶을 되돌아보면 지금처럼 경제개발이 많이 이루어지지 않았고, 많은 사람들이 성공이라는 것을 꿈꾸며 살아왔다. 이러한 사람들은 우리 주변에서도 쉽게 볼 수 있다. 자수성가한 사람도 있고, 벼락부자가 되어 부자가 된 사람도 있고, 큰 뜻을 품고 높은 자리까지 올라간 사람도 있다. 무엇이 사람들을 그렇게 만들었을까? 성공에 대한 각각의 목표를 가지고 노력하다 보니, 지금의 자리까지 오르게 되었다는 것이다.

누구나 다 성공이란 두 글자를 마음속에 새기며 살아간다. 하지만 우리 주변에 성공에 대한 기준을 다르게 두는 사람들도 많은 것 같다. 어떤 높은 목표를 이루는 것만이 반드시 성공의 기준은 아니라는 것이다. 다시 말해 삶을 살아가는 목표의 기준을 달리 두는 것에 대해 생각해볼 수 있다는 말이다. 인생을 살아가는 것은 단 한번뿐이다. 결국 인생 설계를 어떻게 하느냐에 따라 우리의 삶이 행복과 불행이란 두 가지로 나눠지는 것이다.

그렇다면 우리 스스로 좀 더 현명하게 생각해 보자. 우리 삶의 질을 높일 수 있는 목표를 생각해 보자. 그렇게 하면 우리가 살아가는 인생이 좀 더 행복해지지 않을까? 결국 이러한 관점에 영향을 받아서 우리의 삶이 돌아가는 것이다.

　이왕 사는 인생, 좀 더 값지고 멋진 인생을 살아가 보자. 내 이름 세 글자를 세상에 드러내고, 의미를 부여해 보고, 행복하게 살아가 보자. 나는 그렇게 생각한다. 어차피 모두 이렇게 살다 죽을 인생, 내가 원하는 건 꼭 해 보고 죽고 싶다. 지금의 내가 서있는 이 틀 안에서 좀 더 의식적으로 행복해지고 싶다. 분명히 다른 길이 있을 것이다. 그리고 행복한 삶의 목표를 이룰 것이다.

003

:

열정이란 두 글자

우리는 얼마나 가슴 뛰는 인생을 살아왔는가? 지금 이 순간도 정말 열심히 살아가고 있는가? 열정이라는 것에 대해 나는 그렇게 생각한다. 지금까지 살아오며 진정으로 꿈꾸는 나의 꿈을 위해 가슴 뛰는 마음으로 무엇인가를 이루고 성취하려고 했던 일들이 아닌가 생각한다. 나 또한 지금까지 살면서 항상 무엇인가를 위해 노력은 해 보았지만, 정말 크게 내가 해냈던 일은 없었던 것 같다. 그래서 더 열정이라는 두 글자에 대해 많은 생각을 하게 되는 것 같다.

분명한 것은 지금까지 자기 삶을 개척한 위인들을 보면, 분명히 꿈을 이루기 위해서 한 가지의 목표에 매진하며 그 꿈을 이루어낸 사람들이라는 것이다. 삶 속에서 숱하게 많은 시련이 다가와도 그것에 대해 포기하지 않고 노력하는 그들의 모습들을 통해 나 또한 다시한 번 그들의 모습을 닮아가고 싶은 생각이 든다. 누구나 열심히는 하지만 정말로 꿈을 이루며 살아가는 사람은 많지 않다. 차이는 바로 꿈을 설계하며 살아갈 때 자신의 삶을 완성하느냐, 하지 못하고

18

포기하느냐에 따라 발생하는 것이다. 열정이란 두 글자를 마음속에 새기며 살아가 보자. 지금 내가 하는 일에 대해서 내가 왜 열심히 해야 하는지 분명한 이유를 마음속에 새기며 살아갈 때, 열정이란 두 글자는 나를 움직이게 만들 것이다.

지금까지 살면서 나는 뜨거운 감정을 느끼며 살아가는 일들이 사실 많지는 않았던 것 같다. 학교 다닐 때, 일을 할 때, 연애를 할 때를 생각해 보면, 아주 평범하게 그냥 남들이 하는 대로 해왔던 것이다. 그 이상, 그 이하도 아니다. 그냥 지금처럼만 해온 것이다.

이제는 새로운 목표를 갖게 되었다. 일 년에 다독을 하기 위해 '독서 365 프로젝트'를 하기로 하였다. 다른 것보다 나의 꿈을 실현하기 위한 작은 목표들을 이루기 위해서다. 여기서 책을 읽는다는 것은 꿈을 실현하기 위해 노력하며 삶을 실천한 사람들의 모습을 통해 나를 변화시키는 것이다. 그러다 보면 책 읽는 것이 나에게는 더 큰 의미를 부여하게 될 것이고, 또한 이것이 나를 만들어 가는 삶의 초석이 될 것이기 때문이다. 열정이라는 두 글자를 통해 작은 변화를 위한 습관을 만들어 가야 한다. 지금부터 실행에 옮겨보자. 이 작은 습관이 나의 큰 미래를 결정할 것이다.

19

004

⋮

나의 성공습관 만들기

우리가 일상적으로 하는 일을 생각해 보았는가? 하루 일과 중에 얼마나 많은 시간을 나를 위해 사용하였는가? 실제로 우리가 사용하는 시간의 대부분은 쓸데없는 일을 하면서 보내는 시간이라고 한다. 한번 생각해 보자. 오늘, 내 인생에 도움이 될 만한 값지고 유익한 시간을 보냈는가? 시간 관리가 그만큼 중요하다.

시간 관리와 같이 동일하게 중요하게 여겨지는 것이 있다. 바로 습관이다. 내 시간의 전부를 통제하는 것이 나의 습관이다. 결국은 이 습관이라는 무서운 것 때문에 나 자신의 생활 방식이 결정되는 것이다.

그렇다면 우리는 이것을 어떻게 통제해야 하는가? 잘못된 습관으로 많은 것을 잃게 되는 경우가 있다. 《습관의 힘》이라는 책을 보면 우리가 잘 모르고 있지만, 우리 삶의 대부분이 습관으로 이루어진다고 한다. 듀크 연구소의 연구 결과에 따르면, 행동의 45%는 무의식적인 습관이라고 한다. 나쁜 습관을 고치는 방법은 습관을 고치고 싶은 강한 의지를 갖는 것이며, 고칠 것을 기록해 왜 이것이 나에게 어떤 영향을 주는지 아는 것이다. 그래야 고쳐나갈 수 있기 때문이다.

나의 경우에는 일일 10가지 목표를 세우고 그것을 실천한다. 오전에 회사에서 일을 하거나 개인적으로 하루를 보낼 때, 이렇게 메모한 10가지를 하나씩 실천하고 지워 나가는 것이다. 그렇게 하다 보면 오늘 일과의 대부분을 쓸데없는 일로 보내는 것을 막고, 생산성이 높은 하루를 보내게 된다. 실제로 그냥 하루를 보내는 것보다는 나의 하루를 2~3배까지 좀 더 값진 하루를 보내고, 모든 면에서 나의 습관을 통한 만족지수가 올라가게 되는 것을 경험했다. 한번 실천해 보라.

아주 쉽다. 그냥 10가지만 적고 실행하면 된다. 또한 우리가 해야 할 아주 중요한 것에서 사소한 것까지 챙길 수 있어 매우 효과적이다. 다시 한 번 생각해 보자. 지금 소중한 시간을 나에게 아주 가치 있는 시간으로 만들어 보자. 지금 지나가는 시간은 절대로 다시 돌아오지 않음을 명심하자.

005

:

실패에 대한 두려움 극복

실패라는 것은 우리에게 어떤 영향을 주는가? 나는 실패라는 것에 대해 얼마 전까지 굉장한 스트레스를 받았다. 그 이유는 내가 하는 일마다 포기를 하게 되는 것이다. 내가 학교에 다닐 때를 생각해보면 재수를 해서 더 좋은 성적을 받을 것을 기대했으나, 그전에 봤던 시험에서 큰 차이를 내지 못했다. 결국 1년이라는 시간을 낭비한 셈이다.

'좀 더 열심히 하고 계획한 것을 끝까지 밀고 나갔어야 하는 것인데'라는 후회가 든다. 하지만 지나간 시간을 어찌하랴. 다음에는 잘해야지 다짐하지만 더 이상 노력을 하지 않게 되는 것이다. 그러한 것 때문에 후회를 했던 기억이 난다.

결국 나에게 문제가 있음을 알게 되었다. 이런 상황을 극복하기 위해 실패에 관한 책을 찾아보았다. 그 결과 해답을 얻게 되었다. 그 책의 내용은 누구나 실패를 한다는 것이다. 그것이 정답이다. 나 또한 똑같은 결과를 얻은 것이다.

다만 그것에 대해 대처하는 방법이 다른 것이다. 실패에 대해 포기하느냐? 아니면 실패에 대해 끊임없이 도전하느냐? 두 가지로 나누어진다는 것을 알게 되었다. 이러한 사실을 알기 전에 절망스러워했던 나의 모습을 후회하게 되었다. 나의 방법은 잘못된 것이다. 좀 더 나의 태도에 신중했어야 한다는 후회가 들었다.

하지만 지금 이 사실을 통해 알게 된 것이 있다. 다시 한 번 실패에 대해서 두려워하지 말아야 한다는 것이다. '지금의 실패'라는 경험은 훗날 나에게 반드시 필요한, 소중한 경험이라는 것을 잊지 말아야겠다. 천재과학자 에디슨이 실패에 대해 말한 것처럼 우리는 반드시 실패를 통해서 좋은 경험들을 많이 얻게 된다. 이러한 것이 아주 귀중한 보물이라는 사실을 잊지 말아야 할 것이다.

또한 실패학의 창시자, 요타로 도쿄대 교수는 '실패는 성공으로 가는 필수 과정'이라고 말했다. 실패라는 과정은 누구나 멀리하고 싶은 것이 사실이다. 하지만 7만여 점의 실패작을 모아놓은 미국 실패 박물관, 미국 과학자들의 연구 실패를 엮은 실패 논문은 성공을 위한 오답노트가 되어준다고 한다. 포기하지 않으면 반드시 이루어질 것이다. 작은 실패에 대해 교훈을 삼고, 그것을 통해 반드시 성공을 할 수 있는 사람이 되어야 한다.

23

006

:

상대방의 장점을
칭찬해 주는 습관

여러분은 상대방을 바라보며 무슨 생각을 하는가? 나는 보통 그 사람의 얼굴과 말투 그리고 인격을 본다. 대부분의 사람들이 비슷한 관점으로 사람을 보게 된다. 그리고 실제로 사람들과의 교류를 통해 점점 알아가게 되곤 한다.

나의 경우는 사람들을 통해 알아가게 될 때, 과거에는 그 사람이 나랑 잘 맞을 것만 같은 기대를 가지고 여자건 남자건 만나려고 했다. 하지만 점차 그것이 전부가 아니라는 것을 알게 되었다. 사람의 첫인상이 중요하지만, 그 사람의 내면이 중요하다는 것을 알게 되었다.

그런 것처럼 처음 만나는 사람의 입장에서 생각해 보자. 사람을 볼 때 관점을 달리해 볼 필요가 있다는 것이다. 나의 편협한 지식으로 사람들을 바라보는 것이 아니라, 모든 사람들은 귀하고 소중한 존재라고 생각해 보자. 작은 생각의 변화지만, 사람들에게는 더 큰 관심과 사랑으로 돌아오게 될 것이다. 상대방의 장점을 바라보자.

그 사람을 바라보는 느낌이나 생각이 달라질 것이다.

세상에는 많은 사람들이 살아간다. 정말로 모든 사람들 간에 좋은 관계를 가지고 살았으면 한다. 개인적인 편견으로 사람들을 바라보기보다 좀 더 마음을 열어보자. 그래서 그 사람들로 하여금 서로 간에 오해가 없이 행복이 가득한 날들로 넘쳐났으면 한다.

우리가 일할 때도 마찬가지이다. "내가 알고 있는 일을 왜 당신은 모르냐?"고 말하기보다, 그 사람이 잘하는 일이 무엇인지 파악해서 그 사람의 능력을 오히려 칭찬해 주자. 《칭찬은 고래도 춤추게 한다》는 책도 있지 않은가? 우리 모두 마음을 열어보자.

또한 상대방을 내 편으로 만들 수 있는 방법에는 어떤 특별한 기술이 있을까? 그것은 듣는 사람의 입장에서 생각하고 말해 주는 것이다. 그리고 상대방의 존재를 인정해 주고, 존중해 주는 것이다. 사람은 누구나 인정받고 존중받고 싶어 한다. 그래서 인정을 받으면 인정받은 만큼 그에 맞게 행동하려고 노력하게 되는 것을 자연스럽게 볼 수 있다.

주의할 것은 일부러 꾸민 듯한 화려한 말이나, 입에 발린 말은 하지 않는 것이다. 오히려 나중에 독이 될 수 있다. 진심이 담긴 한마디로 상대방의 가치를 인정해 주고, 존중해 주자. 상대방과의 좋은 관계로 삶을 더 즐겁게 만들 수 있을 것이다.

007

:

유머를 가진 즐거움을
주는 사람

우리 생활에 매일 즐거움이란 없다. 가끔씩은 즐거운 일들이 생길 때도 있지만, 바쁘게 살아가는 요즘 삶의 여유가 필요하다. 그러기 위해서 가끔씩은 나를 돌아보며 즐거움을 찾는 일들은 생활의 활력소가 된다.

우리가 유머를 생활화하면, 사람들에게 보일 때 유쾌하고 즐거움을 가진 사람으로 비춰질 수 있다. 생활하면서 늘 진지한 사람은 재미가 없다거나 고지식한 사람으로 비춰지기 십상이다. 가끔씩은 진지하다가도, 또 어떤 때는 유쾌한 사람처럼 당신을 보여준다면 사람들은 당신에게 호감을 갖게 될 것이다. 예를 들어 TV에 나오는 재밌는 이야기, 또는 개그 쇼에 나오는 성대모사를 통해 이야기를 들려준다면 사람들은 훨씬 당신을 재밌는 사람으로 생각할 것이다.

세상의 모든 짐을 내가 지고 가야 할 것이라는 생각을 버려라. 가끔씩은 삶의 여유를 가져 보아라. 사람은 혼자 사는 동물이 아니다. 사람들 간의 의사소통은 상당히 중요하다. 의사소통을 하는 과정을 통해 사람들 사이에 유대관계가 형성이 되는데, 그 관계를 만들어 가는 방법은 사람마다 조금씩은 다르다고 할 수 있다.

우리가 대화를 함에 있어 유머라는 요소는 빼놓을 수 없다고 생각한다. 회사나 조직 내에서의 무거운 분위기를 밝게 만들고, 조직 내에서 즐거움을 찾을 수 있는 하나의 좋은 방법이 될 것이다. 유머라는 것은 개그 쇼를 통해 TV에서 쉽게 접할 수도 있는데, 선천적으로 타고나는 것이라는 생각이 들 때도 있다. 하지만 그렇지 않다. 개그맨들도 사람이다. 일상 속에서 일어날 수 있는 일들을 생각하며 노력한 덕분에 재미있는 개그를 보여줄 수 있는 것이다. 이처럼 일상 속에서 우리 자신이 망가져도 스스로를 유쾌하고 재미있는 사람이라고 보여준다면, 주변 사람들은 당신에게 쉽게 다가갈 수 있을 것이다. 아울러 서로 간의 관계는 더욱 좋아질 것이라 생각된다.

그래서 방법은 유머에 대한 지식을 만들어 보는 것이다. 매일 똑같은 개그를 하면 질린다. 하지만 가끔씩 색다른 말로 상대방에게 말을 건넨다면 웃음을 자아내게 될 것이고, 그로 인해 상대방으로부터 호감을 얻을 수 있게 될 것이다. '저 사람은 재미있는 사람'이라고 생각될 수 있다. 실제로 직장생활을 하던 어떤 남직원이 이런 유머로 여성에게 호감을 사서 곧바로 연인관계로 발전하더니, 결혼까지 성공한 사례를 보았다.

요즘 우리 사회가 많이 어두운데, 우리 스스로가 즐겁게 일하며 인생을 살아갈 수 있는 분위기를 만들어 갔으면 좋겠다는 생각이 든다. 웃음을 통한 긍정적인 효과는 조직 내의 원활한 소통, 직원들의 만족감 상승, 자부심, 업무효율과 생산성 향상, 고객들의 만족과 감동에까지 영향을 미친다.

가정에서보다 더 많은 시간을 보내는 곳이 직장이다. 그런데 매일 회사에 출근하면서 두려움이 엄습하거나, 하루하루가 힘들고 지겹다는 생각이 든다면 어떨까? 대부분 일에 지쳐 힘들어할 것이다. 요즘에는 변화를 요구하는 기업들이 많다. 그렇기 때문에 이러한 조직문화에 대해서도 '웃음'을 통해 직원들에게 만족을 주는 것은 삶의 활력을 불어넣는 일이 될 것이다. 또한 조직 내의 무거운 분위기를 가볍게 만들 수 있는 분위기 메이커가 되어보라. 즐거운 일들이 많이 생겨나게 될 것이다.

008

⋮

방법이 있다고
생각하는 사람

　일상에서 발생되는 일들은 여러 가지 문제로 가득하다. 특히 회사나 조직 내에서는 조직 관리나 제도 변경 등의 변화 과정에서, 가정 내에서는 자녀의 양육, 부부관계 등에서 많은 어려움을 겪고 있는 것을 쉽게 생각할 수 있다. 대부분의 사람들이 이런 문제를 해결하기 원한다. 그래서 우리들은 이 문제를 해결하기 위해 노력하는데, 그 과정에서 힘들고 어려운 순간들에 부딪히는 경우가 많다.

　방법은 여러 가지이다. 문제에 대해 내가 지금 할 수 있는 일이 있다고 긍정적으로 찾는 사람이 있는 반면, 이 문제는 나에게 어렵다고 생각하고 지레 겁을 먹고 우물쭈물 대다가 결국에는 아무것도 하지 못하는 사람도 있다. 그렇다면 지금의 상황에 대해 어떻게 해결책을 찾을 수 있을까? 어쩔 수 없이 해야 되는 상황이라면, 우리는 그것에 초점을 맞춰야 한다. 과학 철학자 칼 포퍼는 "모든 생은 문제 해결의 과정이다. 모든 생물은 실력이 좋든 형편없든, 성공하든 못하든 간에 말이다."라는 말을 했다. 지금의 상황에 대해 비관하기보다는 좀 더 현명한 해결책에 초점을 맞추어야 발전이 있을 것이다.

누구나 상황은 다 똑같다. 하지만 마인드컨트롤을 하며 그 상황을 지혜롭게 풀어가는 현명함이 있다면 결과는 다를 것이다. 방법은 분명히 있으니까 말이다. 한 가지의 방법으로 풀리지 않는다면, 그 방법에 대해 기록을 해 보고 문제점을 나열해 보라. 그 안에서 문제점을 해결할 수 있는 방법을 한 가지씩 생각해 답을 달아보며, 의문을 해결해 가는 방법도 도움이 될 것이다. 머릿속으로만 생각하면, 생각했던 것의 반복으로 복잡한 상황만을 떠올리게 될 것이다. 지혜롭게 문제를 해결해 나가야 한다.

009

⋮

긍정적인 태도의 힘

얼마 전까지 내 개인적인 생각의 늪에서 헤어나지 못하고 정말 힘들어한 적이 있다. 상사로부터 받은 질책으로 고뇌하고, 나 스스로를 질책하고, 무능해 보인다 생각했다. 사람의 생각은 정말 중요한 것 같다. 내 생각의 방향이 잘못되면 정말 나 자신을 한없이 추락시키게 됨을 알게 되었다.

마음속에 잘못된 생각이 있다면 바로 잡아야 한다. 대부분이 이렇게 힘들어할 수밖에 없는 상황을 이해하자. 조직이란 체계의 구조나 문화가 바뀌고 있긴 하지만, 이런 상황이 존재할 수밖에 없는 필연성에 대해 수긍하고 받아들이자. 다시 생각을 다른 측면으로 해 보았더니 바로 답이 나왔다. 결국 나를 힘들게 하는 것은 나 자신이었다.

긍정적인 힘의 중요성을 믿고 도전하자. 그동안의 모든 일들은 내가 결정하고 생각한 대로 움직였던 것이다. 힘들지만 이렇게 받아들이자. 누구나 겪는 일에 대해 즐겁게 하고, 최선을 다하자. 어쩔 수 없이 하는 일이면 그 일을 즐기자. 그러다 보면 자신감도 생기고 열정도 생긴다.

상사의 질책을 통해 나를 더욱 강하게 성장시키자. 그것이 정답이다. 나의 의견에 동의하지 않는 사람도 있지만, 일단 최선을 다하고 결과는 나중에 따지자. 나의 마음가짐, 태도를 통해 다시 한 번 나를 업그레이드시키자.

또한 긍정적으로 생각하는 것만큼 긍정적으로 표현하는 것도 중요하다. 그리고 매일 이렇게 말해 보자. "할 수 없다. 안될 거야."라는 말에서 "나는 할 수 있다. 모든 일이 잘될 것이다."와 같은 표현을 사용해 보자.

사람들은 보통 본인이 생각하는 방법과 행동에 따라 일이 결정된다. 예를 들어 긍정적인 착각을 들 수 있는데, 긍정적인 말을 할수록 사람의 마음자세나 행동에 긍정적인 변화를 주는 것을 실제로 볼 수 있다. 나에게 또 다른 열정과 힘이 넘치게 됨을 경험하게 될 것이다. 앞으로 긍정적인 마음으로 감사하며 살아가야 한다.

010
:
두려움 극복하기

나에게 가장 큰 적은 누구인가? 그것은 결국 내가 만들어낸 나의 허상에 불과하다. 요즘 나를 힘들게 하는 것을 생각해 보았을 때, 나의 생각 속에서 만든 두려움이 나를 힘들게 한다는 사실을 깨달았다. 지금 힘들어하고 있는 것이 있다면, 그 문제를 빨리 극복해야 한다.

그러기 위해서는 우선 마음가짐의 변화가 필요할 것이다. 아무리 생각해도 주변 환경에서 일부 영향을 받을 수는 있지만, 그것으로 인한 문제를 삼을 것이 아니라 현명한 방법으로 해결하는 것이 가장 중요한 과제이다. 우리를 힘들게 하는 두려움이라는 무서운 존재, 결국 이것이 문제다. 이것을 극복해야 한다.

이것을 극복하기 위해서는 먼저, 두려움에 맞서 싸울 긍정적인 태도와 자신감이 필요하다. 현재 나의 상황을 다른 사람은 아무도 모른다. 내 안의 적인 두려움과 싸워 이겨야 한다. 그렇다면 무엇이 나를 이렇게 두려워하게 만드는 것일까? 두려움의 실체가 정확히 무엇인지 모르기 때문이다.

두려움의 실체를 명확하게 하기 위해 문제를 먼저 나열해 보고, 솔직한 나의 상태를 먼저 진단해 보자. 그리고 그에 따라 각각의 해결 방안을 기록해 보자. 망설이지 말고 지금 당장 실행하자. 모든 것은 나의 생각과 태도, 실행에 따라 결정된다는 것을 잊지 말자. 그리고 '나는 무엇이든 할 수 있다'는 자신감이 모든 것을 결정짓는다는 것을 잊지 말자.

"무엇이든 하고 싶은 일이나, 꿈꾸는 것이 있다면 시작하라. 대담함과 배짱은 천재적인 재능과 힘, 그리고 마법을 가졌다. 바로 시작하라."

-괴테-

사람은 누구나 행복하고 편한 삶을 추구하려는 마음을 갖고 있다. 안정성이라는 것을 통해 본인의 삶의 패턴을 정형화시키고, 그것에 익숙해지려는 속성이 있다. 하지만 실제의 삶 속에서 그렇게 안정적인 삶은 없다. 때문에 막연한 두려움에 대한 것은 시간이 지나도 지속적으로 우리 앞에 놓인 상황으로 발생될 것이다. 그러므로 우리는 이러한 두려움을 그냥 지나쳐갈 것이 아니라, 실체를 정확히 파악하고, 이것에 대해 적극적인 대응자세를 보여야 한다. 이렇게 차츰 우리의 삶을 개선시켜 나아간다면 이내 두려움을 극복하게 될 것이다.

011

:

과거에서 벗어나기

우리는 수많은 선택과 결정에 의해 현재의 삶을 살아간다. 과거에
도 그랬고, 미래에도 그렇게 될 것이다. 그런데 우리는 늘 과거의 것
에 집착하는 경향이 있다. 새로운 것을 해야 한다는 막연한 두려움
으로부터 자신을 보호하기 위한 생각을 갖고 있기 때문이다. 그 생
각에서 벗어나지 못하면 현재의 새로운 것을 받아들이기가 힘들어
진다.

나 자신도 그런 생각을 한 적이 있다. 매일 같은 곳에서 일하다가
다른 곳으로 발령이 나서 일을 하게 되었을 때가 있다. 그때, 과거에
일하던 습관에서 벗어나지 못하고 있는 나 자신을 발견하게 되었다.
그래서 과거의 습관을 떨치지 못하면 새로운 것을 받아들이는 것이
힘들다는 사실을 알게 되었다. 언제까지 익숙한 과거에만 머물러 있
을 것인가? 세상은 늘 새로운 트렌드에 맞춰 빠르게 변하고 있다.

과거의 좋은 점들은 그대로 유지하되 새로운 것의 좋은 점이나 방
법들은 배우고, 그것을 통해 스스로를 업그레이드시켜야 한다. 그

것이 나를 새로운 사람으로 만드는 방법이다. 과거에는 승차권을 모두 매표소 직원들이 창구에서 발행해 주었다. 하지만 요즘의 시스템은 어떠한가? 무인시스템 발권이 병행되고 있는 추세이다. 또한 스마트폰 시장을 보면 생활의 변화를 쉽게 알 수 있다. 과거에 사용하던 핸드폰과는 달리 요즘 대부분의 사람들은 스마트폰을 사용하고 있다.

이처럼 우리 삶의 작은 부분들이 변화되는 과정을 새롭게 맞을 준비를 해야 한다. 그래서 현실에 집중해야 한다. 우리의 불평과 불만이 발생하는 것도 지금이라는 현재의 시점이다. 이 시점에서 막연하게 노력하는 것보다 변화에 대한 큰 틀을 보고, 계획하고, 도전하고, 실패하는 것을 맛보며 후회하는 과정을 통해 자신이 원하는 모습의 삶을 만들어 가야 할 것이다.

36

012

⋮

나를 찾아 떠나는 여행

매일을 살아가면서 우리는 저마다 중요한 목적을 갖고 살아간다. 이 세상에 대해 내가 어떤 생각을 갖든 세상은 우리를 중심으로 돌아간다. 어떻게 살아가야 할까? 한번쯤은 이런 생각을 해 보았을 것이다.

살아가는 데 있어, 우리는 삶의 목적이 명확해야 한다. 얼마 전까지 나는 세상 속에서, 인간이 만들어 놓은 사회라는 틀 속에서 살아가고 있었다. 이 세상 속에서 그냥 목적 없이 살아가는 것보다, 진정으로 우리가 어떤 삶을 살 것인지 결정하고 그것을 스스로가 만들어 가는 삶을 산다면 우리의 세상을 변화시킬 수 있을 것이다.

그러기 위해서는 먼저 나를 위한 여행을 떠나볼 것을 추천한다. 세상의 긴 여정이 나의 인생 시나리오라고 생각하고, 그것을 쭉 나열하며 인생의 로드맵을 그려보는 것이다. 그래서 좀 더 나의 인생을 멋지게 그려보는 것이다. 좋지 않은가? 내가 인생을 주도해서 산다면 나에게 삶이란 좀 더 다른 의미로 다가올 수도 있다. 늘상 틀에

박힌 일이라 해도 결국 내 생각과 계획에 따라 변화할 수 있음을 명심하자.

인생의 로드맵을 그리는 방법은 다음과 같다. 첫 번째로 이루고 싶은 인생목표를 찾고, 달성 과정을 나열해 보자. 두 번째로 목표 달성 나이를 기입한다. 세 번째로 목표 달성을 위한 나이 옆에 세부목표를 기입해 보자. 네 번째로 주변에서 성공한 사람들의 모습을 찾아보자. 다섯 번째로 전체적인 인생의 로드맵을 완성해서 내가 쉽게 볼 수 있는 곳에 부착하거나 소지하고 다니자.

내가 실제로 로드맵을 그려오며 살아온 지 10년이 되었다. 인생의 로드맵은 큰 것은 아니지만 소중한 내 인생의 중요한 방향과 전환점이 되었다. 내가 만들어 가는 긴 여정을 주도해나가다 보니, 이 과정을 통해 로드맵의 중요성을 깨달을 수 있었다. 인생을 만들어 가는 것은 우리 자신이다. 우리의 삶을 찾아 떠나는 긴 여행을 진정으로 의미 있고, 행복하게 만들어 갔으면 한다.

013
:
상대방을
이해하는 방법

　일상 속에서 우리는 많은 일들을 겪으며 살아간다. 매일의 삶이 비슷할 수는 있지만, 또 매일이 다르다. 그 많은 일들 중에 생각나는 것이 있다. 바로 상대방에게 상처받는 것이다.

　나 또한 예전에 다른 사람을 이해하지 못하고, 내가 하고 싶은 대로 행동하고, 그 사람의 입장에서 생각하지 못했던 경험이 있다. 내가 하는 말이 그 사람을 힘들게 만든다는 사실을 정말 몰랐었다. 하지만 언젠가부터 다른 사람으로 하여금 나도 힘들어하고 있다는 것을 알게 되었다. 그 사람에게 잘못된 행동을 보인 점도 있지만, 그 사람이 나를 그 이하로 취급하는 것을 느끼며 스트레스를 받게 되었다. 결국 그 사람과의 대화도 어려워지고, 서로가 부담을 갖게 되었다.

　다른 사람의 관점을 이해하는 것은 생각보다 쉽지 않다. 자신과 관계가 없는 경우에는 그 사람의 입장을 이해한다고 하면서, 막상 자신의 경우가 되면 이해가 되지 않는 사실을 한번쯤은 느껴보았을 것이다. 상대방을 이해하는 것이 쉽지는 않다. 하지만 상대방의 입장에서 그 사람의 이야기를 잘 들어주도록 노력한다면, 상대방의 이야기를 잘 받아들이고 이해할 수 있다.

작은 하나의 사례지만 어떤가? 우리의 삶에서 이런 느낌을 받게 된다면 정말 힘들어지지 않을까? 서로가 서로를 이해해 주는 것이 중요한 문제라고 생각한다. 무언가를 말하기 전에 그 사람의 입장에서 다시 한 번 생각해 보았으면 한다. 그 사람이 좀 잘못했더라도 한번쯤은 웃으며 그 사람을 이해해 주는 마음의 여유가 필요한 것이다.

또한 이런 생각도 해 본다. 우리의 인생이 그렇게 길지 않다는 것이다. 아등바등 살아도 우리의 삶의 여정을 한번 멋있게 그려보며 살아가기 바란다. 지금의 순간에만 너무 빠져 있으면 나무는 볼 수 있지만 숲은 보지 못한다는 사실을 기억해야 한다. 행복한 인생을 하루하루 만들어 가며, 좋은 향기를 풍기는 그런 사람이 되었으면 한다.

014

:

습관의 힘

"어떤 행동이든 자주 반복하면 습관이 된다. 습관이 되면 힘을 얻는다. 습관은 처음에는 약한 거미줄 같지만 그대로 두면 우리를 꼼짝 못하게 묶는 쇠사슬이 된다."

-트리이온 에드워드-

평소에 우리가 하는 행동 하나하나가 우리의 습관을 만든다. 우리는 늘 삶 속에서 의식적으로 생각을 한다고 하지만, 가끔은 의식하지 못한 채 시간을 보내는 경우가 많다. 대부분의 시간을 인식하지 못한 채 살아가는 경우도 있다. 나의 경우도 마찬가지다. 내가 의식을 하고, 구체적인 생활습관을 가지고 시간을 보내는 것이 상당히 어렵다는 것을 알게 되었다.

나의 경우를 보면, 미래에 대해 준비를 하긴 하지만 너무 큰 그림을 그리거나 내가 원하고 바라는 틀에 너무 맞추려고 하는 경향이 있다. 그러다 보니 가끔은 나와 잘 안 맞는다는 생각을 하기도 한다.

살면서 기본적으로 해야 될 일들과 마주치게 되거나, 아니면 이미 익숙해진 일상에서 벗어나지 못하고 그것에 안주하기 때문이다.

마음을 바로 잡고 미래를 향한 뜻에 정진하다 보면 다시 시작할 수 있게 된다. 너무 완벽주의 성향을 추구하다 보면, 본래 하고자 하는 것에 부담을 느껴 오히려 더 힘들어질 수도 있다는 것을 알게 된다. 미래의 큰 그림을 그렸다면 큰 뜻을 기억하자. 왜 이것을 하려고 하는지, 이것을 통해 무엇을 이루려고 하는지 뚜렷한 목적의식이 필요하다. 그래야 우리의 마음속에서 그 그림의 부분 부분을 채우게 될 것이다.

지금 상황이 힘들다고 주저앉지 말자. 나의 경우엔 가끔씩 나 스스로 스트레스를 받곤 한다. 하고자 했던 일들이 잘 안 되거나, 심경의 불안을 느꼈을 때 특히 그렇다. 지혜롭게 이런 상황을 잘 이겨내는 사람이 되고 싶다. 다시 한 번 강조하고 싶은 것은, 우리의 미래에 대한 상상을 하며 성공적인 하루하루를 보내는 것과 그냥 대부분의 시간을 흘러가는 대로 보낼 때와는 엄청난 차이를 보이게 된다는 것이다. 이를 직접 경험했다.

시간에 관한 것뿐만 아니라, 우리가 늘 익숙하게 사는 하루의 패턴을 보더라도 그러하다. 우리가 생각하고 행동하는 것으로 모든 것이 결정되곤 한다. 유명 연사들의 책을 보더라도, 그들은 삶을 살면서 그들만의 원칙을 담은 성공습관을 적게는 5개에서 많게는 10개 이상까지 갖고 있다. 우리가 실천할 수 있는 목록을 작성해 보자. 크고 원대한 것을 이루려는 너무 높은 목표를 두기보다는, 나의 소소한 일상 중 부족한 부분을 보충하기 위해 필요한 사항을 기록해 보고 실천해 보는 것이 필요하다. 무엇보다 중요한 것은 습관에 대한 나의 작은 변화를 시도하는 것이다. 습관의 작은 변화를 통해 큰 뜻을 이루는 사람이 되길 바란다.

015

:

삶의 소중함에 대해
감사하는 것

　현재 우리의 미래에 대해 상상해 보는 것은 큰 의미가 있다. 직장인, 사업가, 학생 등 누구나가 마음속에 큰 그림을 그리며 살아간다. 미래의 일어날 일을 아는 사람은 아무도 없다. 그래서 우리는 목표를 세우고, 그것에 맞게 열심히 삶을 살아가고 있다.

　얼마 전 동료의 상갓집에 다녀오게 되었다. 그때 나는 장례식장을 찾으면서 문득 '과연 나의 삶은 앞으로 어떻게 전개될 것인가? 앞으로 주어진 시간이 한 달이라면, 나는 무엇을 준비해야 할까?' 라는 생각을 했다. 지금까지 열심히 살아 왔지만, 죽음에 대해선 누구나 운명적으로 받아들일 수밖에 없음을 깨닫게 되었다. 곁에 있는 사람이 소중하고 가족들과 영원한 삶을 살고 싶은 것이 우리의 마음이지만, 그럴 수가 없는 것이 현실임을 깨닫게 되었다. 그래서 지금 이 순간을 살아가며 나를 돌아보고, 좀 더 의미 있는 일들을 많이 만들며 살아가고 싶다는 생각이 든다.

　만약 딱 한 달만 살 수 있다면, 내가 꿈꿔왔던 것을 그냥 다해 보고 싶다는 생각이 들었다. 부모님이나 가족과의 여행을 떠나거나 내가 살아오면서 가고 싶었던 곳을 찾아간다. 만나고 싶은 사람을 만나고, 내 평생 한이 되었던 일들을 해결한다. 봉사를 한다든지, 지금까지 무거웠던 짐들을 다 내려놓고 삶의 마지막 한 줄을 장식할 의미 있는 일들을 하고 싶다는 생각이 들었다.

사람들마다 조금씩 다른 관점을 가지고 세상을 살아가지만, 모두가 행복한 삶을 꿈꾼다는 점은 비슷하다. 우리의 삶에 있어 우리가 미처 생각하지 못했던 소중한 부분들을 생각하며, 너무 지금 것에만 치우치지 말고, 가끔은 삶의 소중함에 감사하는 삶을 살아야 한다. 그렇다면 좀 덜 후회하지 않을까란 생각이 든다.

016

⋮

나의 일을 사랑하라

우리가 하고 있는 일에 대해 얼마나 만족하는가? 직장인들 대부분이 자신의 일에 대해 크게 만족하지 못하는 것이 요즘 현실인 것 같다. 하지만 가만히 우리가 입사했을 때 당시를 생각해 보면, 그때의 우리는 지금보다 훨씬 더 상황이 좋지 않았을 것이다. 학업을 마치거나 다른 일에서 이직을 하는 등 갖가지 이유로 현재 일하고 있는 회사에 들어왔을 것이다. 항상 그렇다. 처음엔 새로운 일에 대해 열정을 갖고 있다가도 시간이 지나면 언제 내가 그랬냐고 하듯이 변해가는 우리의 모습을 보게 된다.

왜 그렇게 사람들이 변해가는 것일까? 시간이 흘러가다 보니 나도 모르게 그러는 것일까? 그런 건 아닌 것 같다. 우리의 생각이나 가치관들이 변하기 때문이다. 처음 생각했던 것에 대한 기대 수준 때문일 수도 있고, 일에 대한 매너리즘에 빠지기 때문이기도 하다. 누구나 이런 생각을 하는데, 그럴 때일수록 스스로의 마음가짐을 새롭게 하고 초지일관의 자세를 가져야 한다. 사람들은 힘든 상황에 부딪히면 자연적으로 부정적인 생각을 하게 된다. 그것은 어쩔 수 없다. 하지만 어쩌겠는가, 절이 싫으면 중이 떠나야 하지 않겠는가? 앞으로 나아가기 위해 노력하며 실천해 나가야 한다.

무엇이 중요할까? 세상만사 모든 일들이 내 뜻대로 이루어지진 않는다. 하지만 내 인생의 밑그림을 그리는 작업은 정말로 중요한 일의 한 부분이다. 앞으로의 나를 위한 기본 뼈대를 만들고 그 위에 살을 입히는 작업으로, 반드시 필요하기 때문이다. 세상의 근본적인 일들을 하나하나 깨달아가며 세상을 알아가듯이, 우리의 마음속에 희망하는 일들을 그려가며 그 안에 나라는 존재를 만들어 가는 일은 무한한 상상 속의 나의 모습을 완벽하게 갖추어가는 과정이라고 할 수 있다. 앞으로의 일들에 대한 무한한 가능성을 가지고, 해야 할 일들을 묵묵히 하나하나씩 해 나가는 것이다.

이것은 참으로 가치 있는 일이라 생각한다. 지금은 당장 아무것도 아니더라도 말이다. 노력하는 자에게 분명 좋은 일들이 있을 것임을 명심하자. 나 또한 그것을 희망하고, 그런 희망 덕분에 아름다운 그림을 그리는 작업을 멈추지 않을 것이다.

017

:

용서하는 삶

사람들은 생각지 않은 일들로 많은 스트레스를 받는다. 일적인 면이든, 아니면 다른 일상적인 것이든 말이다. 우리가 살아가는 이 세상의 사람들은 저마다 다 이유가 있다. 개인적으로 그 사람들만의 고충과 어려움이 있다는 것이다. 사회생활을 하는 사람들의 대부분이 서로 간의 대화와 협력의 문제에 가장 큰 어려움을 겪게 된다고 한다. 그러다보니 서로 많은 오해를 겪게 되거나, 감정 문제로 치닫게 되는 경우를 보게 된다.

이때 우리는 지금 본인의 삶에 대해 문제점은 없는지 다시 한 번 돌아볼 필요가 있다. 현재의 나를 중심으로, 내가 가지고 있는 생각이 올바른 방향인지 다시 한 번 돌아볼 필요가 있다. 사람들 간의 상처와 고통은 이러한 부분들부터 접근하여, 근본적으로 해결이 되어야 할 것이다. 서로가 그동안 힘들고 어려웠던 일들이 있었다면, 지금 말한 이야기의 기준을 가지고 본인을 돌아보라. 그리고 그 사람의 마음을 이해하고 용서하는 자세가 필요하다.

또한 가정에서 발생하는 가족 간의 갈등도 있다. 그 안에서 서로 간의 대화의 단절로 인해 자신의 입장만 이야기하면 문제를 해결할 수 없다. 자존심을 너무 내세우고 있으면 절대로 해결이 되지 않는다. EBS '대한민국 화해프로젝트 - 용서'에서 나온 이야기가 생각난다. 연예인 지망생이던 딸에게 엄하게 대하는 아빠의 모습이 나왔다. 그는 사랑을 제대로 표현하지 못했고, 그로 인해 가족 모두가 오랜 기간 마음의 상처를 받고 힘들어하는 내용이었다.

사실 가족 간에도 서로 지켜야 할 것들이 있다. 이러한 것을 간과하게 될 경우, 부모는 일방적인 입장만 고수하게 될 수도 있다. 왜 힘들어하는지, 갈등의 이유를 알기 위해 마음을 열어야 할 것이다. 잘못하거나 실수를 하더라도 그 사람의 입장에서 이해하고, 용서하여 더 좋은 해결방법을 마련해 나가는 것이 우선일 것이다. 상대방과 시원하게 소통해야 한다. 그것이 바로 가장 쉬운 해결책이라 생각된다.

49

018

:

기업 문화에 대한 생각

시간이 지나면서 모든 것들이 빠르게 변하고 있다. 기업의 형태도 마찬가지다. 과거의 회사에서 갖고 있던 조직 문화나 업무 방식이 현재의 트렌드에 맞게 변화하고 있는 것은 사실이며, 어쩔 수 없이 받아들일 수밖에 없는 것 또한 현실이다. 생산성을 높여 많은 이윤을 남기는 것이 회사의 목표이긴 하지만, 최근 들어 세계적인 경기 성장 둔화 추세와 높은 인플레이션으로 인해 점점 살아가기 힘든 현실을 보게 된다.

나는 개인적으로 회사의 문화에 대해서 생각해 보았다. 사람들은 생계를 유지하기 위한 수단이 필요하기 때문에 회사를 다니고는 있지만, 힘들고 암울한 현실에 부딪힌 사람들의 모습을 보았을 때는 나도 힘이 빠진다. 어떻게 하면 사람들이 즐겁게 일할 수 있을까? 'GWP(Great Work Place) 일하기 좋은 직장 만들기'를 실천할 수 있는 회사를 목표로 삼고, 오히려 이런 힘든 현재 상황을 우리 스스로 바꾸어 갔으면 좋겠다는 생각이 든다.

세상의 모든 상황이 다 똑같지는 않다. 하지만 어려운 상황을 나은 방향으로 변화시키기 위해 펀(Fun) 경영을 하며, 즐겁게 일할 수 있는 조직을 만들면 좋겠다는 생각이 든다. 외국계 기업 중 기업 문화를 변화시킨 사례가 있다. 그중 한 가지가 '복지제도'다. 다양한 복지 프로그램 중 외국계 기업의 대표 서비스인 'EAP(Employee Assistance Program) 근로자 지원 프로그램'이 인상 깊다. 근로자 지원 프로그램은 내부 직원들의 복지 수준과 행복도를 높이기 위해 최근에 개인 및 집단 상담부터 자기계발과 취미활동, 스트레스와 건강관리 등 다양한 방법으로 확장되고 있는 추세이다.

이처럼 일의 즐거움과 능률 향상이라는 목표를 가지고 모든 기업들이 변화했으면 좋겠다는 생각이다. 또한 우리나라 사람들만이 갖고 있는, 직급에 대한 권위의식을 좀 버렸으면 좋겠다. 직급이 올라갈수록 어깨에 힘을 좀 빼고, 업무에 유연하게 대처하거나, 웃으며 행복하게 일을 할 수 있도록 분위기를 만들어 보는 것이 좋을 거란 생각이 든다. 사람들이 살면서 가장 많은 시간을 보내는 곳이 직장이다. 그런 것만큼 많은 시간을 보내는데, 우리 스스로가 지속적으로 변화할 수 있는 문화를 만들어 갔으면 좋겠다는 생각이 든다.

019

:

바른 소비습관 생활 방식

현재 우리나라 사람들은 돈에 대해서 많은 관심을 가지고 있다. 재테크 열풍, 10억 모으기 프로젝트 등 다양한 방식으로 돈 버는 방법을 시도하고 있다. 돈을 버는 것은 상당히 중요하다. 하지만 쓰는 방법이 더 중요하다. 돈이 많더라도 잘못된 소비습관이나 방식으로 탕진하는 경우를 주변에서도 볼 수 있다.

그렇다면 우리는 어떤 방식으로 소비를 해야 하는가? 체계적이고 계획적인 소비를 해야 하지 않을까? 누구나 알고 있는 이야기지만, 효율적인 금전 관리를 위해서는 새 나가는 돈을 잡아야 한다. 그래야만 가정 경제를 지킬 수 있다. 그중에서도 검소하게 생활하고 가계부를 작성하는 것은 아주 기본적인 일이다. 이것만으로도 돈의 흐름을 알 수 있고, 불필요한 지출을 줄일 수 있다.

또한 우리가 의식하지 못한 것 중에 중요한 것은 우리 스스로를 알아야 하는 것이다. 우리가 잘못 생각하고 있는 것 중 하나는 남들이 하면 나도 해야 한다는 생각이다. 남들이 하고 다니는 차림새나

겉보기에 화려한 모습을 보고, 나도 따라하면 똑같은 사람이 될 수 있다고 생각하는 것은 잘못된 것이다. '뱁새가 황새를 쫓아가다 가랑이가 찢어진다'는 말이 있다. 이런 말처럼 솔직하게 자신을 내려놓고, 가장 기본적인 것부터 자신의 상태에 맞춰가며 작은 변화를 이루어가는 것이 좋을 것이다. 지금 형편에 맞도록 생활비를 사용하고, 작은 돈이라도 아껴 쓰며 저축하는 지혜로운 소비습관을 들여야 한다. 특히, 노후에는 경제적 안정을 위해 돈이 필요하다. 지금 같이 경기 변동이 심한 시대에 돈을 잘못 사용하면 자칫 나중에 더 고생하는 일도 발생되고 말 것이다.

아울러 돈이라는 것에 대해 올바른 경제관념을 가지고 살아가야 하며, 무조건 많이 벌기보다 현명한 소비습관을 들여서 돈의 노예가 되지 말아야 한다. 나중에 무덤에 갈 때는 돈이라는 것은 그저 한 장의 종잇조각에 불과하다는 것을 잊지 말자. 나의 의미 있는 삶을 살기 위해 필요한 것에 더 초점을 맞춰 살아갈 것을 당부하고 싶다.

020

:

메모의 효과

생활하면서 일어난 모든 것을 다 기억하기는 어렵다. 일상 중에도 내가 메모한 것을 가지고 그것에 맞춰 꼼꼼하게 체크하는 사람과 그냥 머리로만 기억하는 사람은 분명한 차이를 보여준다. 기억력에 있어 사람마다 개인적인 차이를 보이는 것은 분명하다. 하지만 메모를 하게 되면 기억력 향상에 도움이 될 수 있다. 왜냐하면 기억만 하던 것을 메모하는 과정을 통해 우리의 뇌에서 정리할 수 있는 힘이 생기기 때문이다. 나 또한 머리로만 하려고 하니 모든 걸 쉽게 잊어버리게 되었다.

일을 잘하고 못하고를 떠나서 꼼꼼하게 메모하는 습관이 중요하다. 결국 일의 성패는 그 사람의 메모 습관에서 결정된다. 작은 습관의 변화로 업무를 충실하게 사람이 되고, 일에 대해 성실한 사람으로 비춰질 것이다. 일상에서 놓칠만한 일들도 메모를 해서 쌓아두면, 그것이 곧 나의 또 다른 자산이 된다.

나는 일일 목표 10가지 세우기란 실행을 매일 하고 있다. 보통 하루에 10가지 정도만 메모해도 그날의 할 일은 대부분 그 이상을 초과하지 않는다. 매일의 실천 과제로 습관을 만들면 그것은 나의 또다른 좋은 습관으로 자리 잡게 된다. 학창시절과 직장생활을 하며 그동안 갖고 있던 수첩을 세어 보았다. 놀랍게도 1년에 2~3권씩 메모했던 내용들이 책꽂이에 쌓여있던 것을 확인할 수 있었다. 자주는 아니지만 어쩌다가 읽어보게 되면, 그동안 얼마나 많은 시간이 흘렀는지 알게 되고 그 안에서 내가 해놓은 일들에 대한 보람을 느끼게 된다.

생활 속의 작은 습관이다. 이것을 지속적으로 실행하게 되면 나의 이야기를 갖게 되는 것이다. 지나간 일들이지만 내가 해온 일들에 대한 것을 추억으로 남길 수도 있고, 현재의 나를 바라보며 앞으로 나아갈 수 있는 방향을 바로잡을 수 있는 좋은 효과가 있다. 작은 생활습관이지만 해 보면 많은 도움이 될 것이다. 메모를 통해서 나만의 좋은 습관을 만들어 보자.

021
:
열정적인 사람의 마음

현재 우리는 진정으로 가슴 뛰는 삶을 살고 있는가? 이 질문에 대해 누구나 한번쯤은 생각해 보았을 것이다. 하지만 세상만사가 다 그렇듯, 노력하려는 마인드를 가지고 실천하려고 하지만 눈앞의 많은 장애로 인해 포기했던 경험들이 있을 것이다. 나 또한 하고자 하는 일들을 어쩔 수 없이 많은 이유들로 포기하게 된 경우가 많다. 이처럼 우리 일들은 뜻대로 되지 않는 것들이 많다.

그렇다고 주저앉을 수는 없다. 그럴 때일수록 방법을 찾는 현명한 지혜가 필요하다. "구하라, 두드리라, 그리하면 열릴 것이다."라는 성경 말씀처럼 우리의 열정적인 마음이 해답을 줄 것이다. 어차피 한 번 사는 인생 열심히 해 보자. 분명 나에게도 좋은 일들이 일어날 것이란 믿음을 갖자.

물론, 매일을 살며 우리가 하는 모든 일들이 내 뜻대로 되지 않는다. 하지만 우리는 노력이라는 것을 통해서 충분히 우리의 삶을 변화시킬 수 있다. 어떻게 할 것인가를 고민만 하기보다는, 지금까지의

56

생각이면 충분하다. 우리가 마음먹은 것을 실천하는 일만 남았다. 또한 실천을 통해 성취감을 느끼게 될 것이다. 성취감을 느낀다는 것은 우리가 정말 열심히 노력해서 보람을 느꼈기 때문이다.

세계적인 경영학자 게리 하멜(Gary Hamel)은 자신의 저서 《경영의 미래》에서 창조경제 시대에 조직의 성공에 기여하는 인간의 능력을 단계적으로 설명해 주었다. 그중에서도 '열정'이 차지하는 비중이 가장 높게 나타났다. 그 이유로 "사람들은 열정 때문에 어리석은 행동을 하기도 한다. 하지만 열정은 마음속의 뜻을 결국 실현시키는 비밀의 열쇠이다. 열정을 가진 사람은 기꺼이 장애물을 뛰어넘으며 쉽게 포기하지 않는다. 열정은 전염성이 있어서 한 개인의 노력이 대중운동으로 퍼지게 만드는 중요한 기능이 있다."고 설명한다.

열정이라는 단어처럼 우리 마음 안에 뜨거운 마음을 갖고 최선을 다해 노력해 보자. 우리 스스로 항상 최고라는 생각을 갖고, 내가 원하는 모든 걸 이룰 수 있다는 자신감을 가져보자. 지금의 모습에서 좀 더 나아가 자신에 대해 긍정적이고, 자신감에 찬 모습을 보여주자. 그럴수록 우리는 더욱더 흔들리지 않는 강한 나무처럼 성장하게 될 것이다. 우리 주변 사람들이 저마다 다른 이유는 바로 이러한 관점의 기준이 사람마다 다르기 때문이다. 우리의 생각과 태도, 마음을 변화시켜 우리가 원하는 모습의 사람들이 되길 바란다.

022
:
돈 관리를 잘하는 방법

우리가 살아가는데 있어 가장 기본적인 의식주가 해결되어야 최소한의 사람 사는 모습을 갖출 수 있다. 그런데 세상의 모든 사람들이 가장 힘들어하는 게 돈 때문이라고 한다. 돈을 잘 버는 사람, 사회적 지위가 높은 사람, 학식이 아무리 뛰어난 사람이라고 해도 그 사람이 다 잘사는 것은 아니다. 왜냐하면 돈에 대한 관념이 다르고, 갖가지 개인적인 상황이 다르기 때문이다. 그러므로 우리가 살고 있는 현재의 모습 역시 다 다르다.

하지만 우리 스스로가 부자가 되는 모습을 만들어 나갈 수는 있다. 바로 돈에 대한 가치를 바로알고, 효율적으로 사용하는 방법을 아는 것이다. 그것이 바로 돈을 올바르게 사용하는 방법이다. 시간이 많이 지나도 불변하는 것은 돈을 아껴 쓰는 것이다. 그리고 중요한 것은 돈이 새어 나가는 것을 통제하는 것이다.

첫 번째로는 사람들의 개인 경제에 가장 많은 영향을 미치는 것이 신용카드이다. 실제로 우리가 사용하는 신용카드를 아무렇지 않게 쉽게 긁어버리는 것은 마치 그냥 우리 생활의 일부가 된 것처럼 느껴진다. 하지만 이러한 행위로 알게 모르게 새어 나가는 돈은 어마어마하다. 쉽게 사용하는 것만큼이나 통제가 어렵기 때문이다. 이로 인해 신용불량자들이 생겨나고, 갈수록 살아가는 것은 힘들어진다. 이럴 때일수록 지혜로운 소비습관을 갖는 것이 중요하다.

두 번째로는 지금 갖고 있는 채무를 모두 갚아 나가는 것이다. 현재 받는 급여로 갖가지 할부를 갚아나가는 것은 나중에도 지속적으로 우리를 힘들게 할 것이다. 가장 좋은 방법은 소비에 대한 목록을 작성하고, 가장 작은 채무나 할부부터 순서대로 갚아 나가는 것이다. 바로 갚아야 하는 돈으로 인해 스트레스를 받을 수는 있겠지만, 결국 나중에는 이것으로 인해 할부 인생에서 벗어나 돈에 대한 자유를 갖게 될 것이다.

세 번째로는 작은 단위부터 돈을 모아 나가는 것이다. 종잣돈 모으기를 시작해서 100만 원, 1,000만 원 순으로 천천히 돈을 모으고 이를 통해 우리의 개인 재무구조를 완화시켜 가는 것이다. 이 과정을 통해 돈에 대한 감각을 익히고, 수익률이 높거나 안정된 투자처에 돈을 투자하여 수익을 내는 것이다.

네 번째로는 장기투자나 연금을 마련하는 계획을 실행하는 것이다. 시간이 지남에 따라 나이를 먹고, 자녀양육에 대한 비용을 계획하기 위해서는 반드시 필요한 과정이다. 이러한 경제적인 관념을 통해 우리의 삶에 대한 구조적인 문제를 조금씩 해결해 나가며, 잘살아갈 수 있는 사회가 되었으면 한다.

023
:
자기경영

요즘 같은 시대에 자기계발은 필수사항인 것 같다. 세상이 빠르게 변하다 보니, 이와 관련해서 우리 스스로 불안한 미래를 준비하지 않을 수 없는 것이다. 직장에서의 조직 문화를 보게 되면, 지금까지 학교를 다니며 배웠던 지식은 가장 기본이 되어 버렸으며, 실제 사회에서 더 많은 자질들을 요구하게 된다는 것을 알게 되었다. 우리의 실상을 돌아보면 많은 사람들이 개인적인 발전을 위해 다양한 노력을 기울이는 것을 볼 수 있다. 대표적으로 회사에서 시행하는 온라인, 독서, 어학, 직무교육 등은 이제 일상적인 것이 되어 버렸다. 개인적인 생각으로 이것은 일과 관련해서는 기본사항이며, 우리는 좀 더 넓은 관점에서 생각해볼 필요가 있다.

공병호 소장님의 저서인《자기경영 노트》의 '자기경영을 위해 필요한 다섯 가지 관점'을 바탕으로 우리의 인생을 생각해볼 수 있다. 우리가 살아가면서 필요한 것에 대해 시간, 행복, 지식, 건강, 인맥 관리의 다섯 가지 관점에서 생각해볼 수 있다. 이것이 바로 자기경영에 관한 것이다. 자기계발을 하더라도 어떤 일을 하기 위해서는 명확한 기준이 필요하다.

이 책의 서두에 나오는 내용 중에 현재를 살아가는 우리가 공감할 수 있는 말이 있다. "대부분의 직장인들은 하루하루 분주한 일상 속에서 미래라는 것을 생각할 겨를이 없이 살아간다. 그리고 어이없게도 50세를 전후해서 명예퇴직의 유력한 대상자가 된다. 게다가 평균수명이 90세까지 이르게 되었으니 우리는 무려 40년이란 보너스를 받게 된 셈이다. 자, 이제 어떻게 살아야 할까? 나는 이 책에서 '스스로를 어떻게 경영할 것인가', 그리고 '불확실한 미래를 어떻게 준비할 것인가'라는 과제를 다루고 싶다. 학업을 막 마치고 세상에 나온 젊은이부터 직장생활이 어느 정도 안정궤도에 진입한 사람에 이르기까지 우리 모두가 고민하고 생각을 가다듬어서 행동으로 옮겨야 할일이 바로 '자기경영(self-management)'이기 때문이다."

나는 이 말처럼 앞으로는 우리 삶에 대한 자기경영 목표를 설정하고, 그것을 우리 인생의 지표로 삼고 자기계발을 해야 한다고 생각한다. 우리가 앞으로 살아가는 날들을 볼 때, 이러한 이야기는 남의 이야기가 아니라 앞으로의 우리를 겨냥하고 있기 때문이다.

61

024

:

개인 프로젝트 달성

우리의 일상적인 삶에 대해 생각해 보자. 우리는 늘 하루하루를 새롭게 시작한다. 그러면서 하루마다 주어진 일을 처리하고, 일상이라는 틀에 맞춰 살아간다. 그래서 살아가는 방식에 따라 우리의 인생이 삶에 적용되는 것을 볼 수 있다.

하지만 우리가 이렇게 살아가는 것이 맞는지 한번쯤은 생각해 보아야 할 것이다. 일생동안 우리의 삶이 어떻게 될지도 모르는데, 현실에만 안주하며 살아갈 것인가? 방법을 찾아보자. 누군가는 또 다른 방법으로 살아가며 행복을 찾을 것이다.

나는 우리의 삶에 대해 보람을 느끼며 행복을 찾기 위한 방법이 우리가 삶의 주인이 되는 것이라고 생각한다. 그러기 위해서는 우리 삶을 만들기 위한 자신만의 프로젝트를 만들어야 한다. 일상의 삶에 대한 목표를 매일 세우고, 그것을 실천하기 위해 많은 노력을 하다 보면 우리는 스스로 만족감과 행복을 느끼게 될 것이다. 그러니까 삶이 곧 프로젝트라고 할 수 있다. 지금 내가 쓰는 글도 엄밀히 말하면 개인의 프로젝트다. 남이 나와 경쟁을 하는 것은 아니지만 나의 일상의 한 부분을 스스로 만들어 내는 것이다.

　"지금이야말로 나를 더 훌륭한 사람으로 만들 때다. 오늘 그것을 못하면 내일 그것을 할 수 있겠는가?" 독일의 수도자, 토마스 아 켐피스(Thomas a Kempis)의 명언이다. 이 명언처럼 본인이 원하는 것을 한번 시도해 보라. 우리는 이것을 통해 또 다른 나로 거듭나는 것이다. 삶의 방식을 스스로 개척하다 보면, 삶이 우리를 지배하는 것을 통제하여 우리의 삶을 더 의미 있게 만들 수 있을 것이다. 어떤 것이든 좋다. 나의 삶에 의미를 만들 수 있는 것들로 나의 프로젝트를 만들어 보자. 당장 효과는 없지만 스스로 노력한 것에 대해 성취감과 행복감을 느끼게 될 것이다. 나에게는 이런 생각이 나를 발전시키고 성장시키는 것 같아 아주 효과적이었다.

025

:

일에 대한 성과

《일을 했으면 성과를 내라》는 책이 있다. 우리가 실제로 어떤 회사에 근무하건 회사에서는 수많은 업무를 처리한다. 하지만 그 많은 일 중에서 우리가 하는 많은 부분들은 눈에 띄는 성과를 내기 힘들다. 그럼에도 우리는 별 일 없이 주어진 일을 묵묵히 하고 있다.

일에 대해 생각을 해 보자. 회사에서 진정으로 요구하는 것이 무엇인지 그것을 먼저 파악하는 것이 우선이다. 회사는 단순히 말해서 이윤을 추구하는 집단이다. 그리고 많은 비용을 차지하는 인건비 절감을 위해 회사는 무수히 많은 노력을 하고 있다. 우리 스스로 생각해 보자. 오너(Owner) 입장이라면 충분히 이 부분에 대해 많은 고민을 할 수밖에 없다. 일에 대해서 그것이 전부는 아니지만, 그래도 세상은 현실적으로 냉정할 수밖에 없다는 것을 알 수 있다. 급여를 주는 것만큼 많은 성과를 요구하는 것은 어쩔 수 없는 현실인 것이다.

얼마 전에 지인에게 들은 이야기다. 회사에서 비용 부분에 많은 손실을 준 담당자에게 그 회사의 책임자가 비용에 대한 일정 부분을 배상하라고 요구한 경우가 있었다고 한다. 부당하다 생각하지만 냉정한 현실을 받아들이고, 묵묵히 일을 해 나가는 사람들도 있다. 우리가 회사에서 인정받고 높은 성과를 보이는 것도 좋지만, 인간적인 측면에서 봤을 때 이런 것에 대한 부분적인 개선이 필요한 것이 사실이다. 일의 우선순위를 사람에게 먼저 두고, 그다음에 회사의 성과에 기반을 두는 체계를 확립해 나갔으면 좋겠다는 생각이다. 그래야 직원들이 일에 대한 열정을 갖고 회사를 성장시켜 나갈 수 있다는 사실을 잊지 않았으면 좋겠다.

얼마 전 읽은 한겨레 신문기사 '호황은 좋고 불황은 더욱 좋다'라는, 세계적 기업가들에 대해 나온 내용 중 일부를 소개한다.

"사람이 우선이다. 마쓰시타전기는 사람을 만드는 회사다. 아울러 전기제품도 만들고 있다."

- 마쓰시타 고노스케 -

"JAL에서 일한다는 것이 행복하다는 임직원이 있어야 비로소 고객 서비스, 기업가치, 사회공헌 실현이 가능하다. 아무리 훌륭한 일을 하자고 해도 모두가 납득하지 않으면 불가능하다. 이런 신념으로, JAL의 기업이념을 물심양면 전 사원의 행복을 추구한다로 정했다."

- 이나모리 가즈오 -

"전략보다 사람이 우선이다. 가장 중요한 것은 적재적소의 인사다. 아무리 좋은 전략도 적임자 없이는 실현될 수 없다."

- 잭 웰치 -

모두 사람의 중요성에 대한 부분을 강조하는 글이다. 지금 우리가 살아갈 수 있는 것은 이전 사람들이 만들어 놓은 산물 덕분이다. 만약 우리가 잘못하게 되면, 비용을 줄이는 것을 통해 현재는 살아갈 수 있을지 모르지만, 장기적인 안목으로 미래를 보게 되면 오히려 독이 되는 결과를 만들 수 있다는 것을 명심해야 할 것이다.

026

:

두려움에 대한 마음가짐

사람들은 누구나 생각하고 희망하는 일들이 모두 다르다. 각자 개인마다 꿈, 성격, 취미, 능력 등이 모두 다르기 때문이다. 그래서 나 또한 생각하는 것들이 남들과 다른 것이다. 지금 나에게는 직장생활에 대한 과도기가 온 것 같다. 앞으로의 일을 헤쳐 나가기에 많은 부담을 느끼고 있는 것이 사실이다. 세상에 대해 너무 큰 짐을 갖고 살아가고 있는 기분이다. 이것을 조금씩 내려놓고, 천천히 가고 싶다.

내가 너무 빠르게 한다고 해서 시간이 나에게 맞춰주지 않고, 시간은 예정대로 흘러간다. 이 시간을 의미 있게 보낼 만한 것을 찾고 싶다. 세상이 그렇게 변하듯 나의 시간에 가치를 더할 수 있는 그런 일들 말이다. 하지만 내가 미처 생각지 못했던 것이 내 안의 생각을 통제하지 못했기 때문이라는 생각이 든다.

사람들이 이런 심경의 변화를 이겨내지 못할 때 마음의 병이 생기는 것 같다. 내가 살아가는 방법에 대해 반드시 나 자신만이 해결책이 아님을 명심하자. 그리고 사람들과의 이야기를 통해 답을 찾기 위해 노력해 보자. 분명 나에게 맞는 올바른 해결책을 찾을 수 있을 것이다.

나 자신을 먼저 사랑하자. 그리고 나는 무엇이든 할 수 있다는 자신감을 갖자. 오늘도 크게 외치자. "나는 할 수 있다. 나는 최고다! 내가 원하는 건 무엇이든 해낼 수 있다!" 매일 10번씩 외쳐보자. 지금 상황에 대한 불안감을 떨쳐버리고, 지금 기본적으로 내가 할 일에 집중하자. 항상 사람들에게는 어려움이 있기 마련이다. 지혜롭게 하나하나 문제를 잘 풀어가는 현명한 사람이 되자.

"겁을 먹는 것과 까닭 없이 불안한 두려움은 확실히 구별되는 것이지만, 그러나 대부분은 단지 상상력의 기능을 한때 중단시키는 능력의 결여로 보면 된다."

- 헤밍웨이 -

현대를 살아가는 대부분의 사람들은 불확실한 미래에 대한 불안과 두려움을 갖고 살아가고 있다고 한다. 마음속의 두려움에 맞서지 않고 회피하는 것은 불안요소를 더 키울 수 있다. 우리는 이런 막연한 불안감과 변화에 맞서서 우리 스스로를 더욱 강하게 만들어야 한다.

027

:

오늘을 사는 힘

우리가 하루하루를 열심히 사는 것은 오늘 있을 새로운 일들에 대한 기대감과 설렘 덕분일 것이다. 그런 새로운 것에 대해 기대하며 열심히 또 하루를 시작하는 것이다. 어제까지 힘들었던 과거의 일들은 모두 잊자. 과거의 일에 대해 지나치게 얽매이면 앞으로의 일들에 대해서도 부담감을 갖게 될 것이다. 그렇지 않은가? 너무 하루를 분주하고 바쁘게 시작하는 것보다는 마음에 여유를 가지고 시작하는 것도 우리에게 큰 힘이 된다.

새벽에 일어나면 일어날 땐 조금 피곤할 수 있다. 하지만 동시에 오늘 할 일에 대해 생각하고 이를 즐거움과 기쁨으로 받아들여보자. 그렇게 일을 열심히 하다 보면 그걸로 인해 또 다른 삶의 기쁨을 발견할 수 있을 것이다. 오늘의 하루를 산다는 것은 바로 이런 기대감과 설렘이 아닐까 생각한다. 오늘도 마음의 문을 활짝 열자. 나의 마음속 즐거움과 기쁨은 한껏 더 커질 것이다.

매일을 살아가는 우리는 어떤 생각을 하며 살아갈까? 사람들마다 각각 다른 가치관을 가지고 살아갈 것이다. 문학가 제임스 엘런은 "생각하는 대로 살지 않으면 사는 대로 생각하게 된다."고 말했다.

우리의 삶의 모습을 생각해 보면 삶의 방향이 어떻게 흘러가고 있는가를 알 수 있다. 우리는 하루가 시작되면 그 안에서 일어나는 새로운 일들에 맞춰 적응하곤 하는데, 이러한 일상들이 쌓여 삶의 방향이 정해지는 것이 아닐까? 하지만 생각을 조금 바꿔서 삶이란 것을 내가 통제해 보는 것은 어떨까란 생각도 든다. 매일매일의 하루지만 그 시간이 흘러가는 대로 나를 맞추는 것보다, 생각할 여유를 가지고 오늘 하루를 위한 나만의 시간을 따로 만들어 두는 것도 좋을 거란 생각이 든다. 그렇게 살아가다 보면, 다가오는 순간의 위기를 통제하고 시간의 주인이 될 수 있지 않을까 생각한다.

028
:
평생학습에 대해

현재 살고 있는 우리 현실을 보면 많은 것들이 빠르게 변하고 있다. 그 현실을 받아들이기 위해서는 변화에 맞춰 나가는 나만의 학습이 필요하다. 단순한 예로 과거의 인터넷이나 핸드폰이 발달되기 이전의 생활은 아날로그를 바탕으로 했다. 그러나 지금은 대부분이 인터넷과 핸드폰을 사용한다. 이런 변화는 나이가 어릴수록 쉽게 받아들이지만, 기성세대들은 변화에 적응하는 데 어려움을 겪는 모습을 종종 볼 수 있다.

우리는 지속적인 학습을 해야 한다. 단지 세상이 필요로 하는 인재가 되기 위해서가 아니다. 우리가 실제 살아가는 것에 많은 도움이 되기도 하고, 앞으로 우리 삶의 많은 영역들이 이렇게 변해가기 때문이다. 한편으로는 아쉬운 점도 있다. 이런 빠른 변화와는 다른, 과거에 형성된 정 문화나 과거의 향수를 필요로 하는 사람들이 나타나기도 한다. 삶이 편리해지기는 했지만 그에 따른 부작용도 많은 것이 사실이다. 한번에 두 가지를 이룰 수 없는 현실이 아쉽다.

우리가 스스로 자기주도 학습을 통해 새로운 문화를 만들어 갔으면 좋겠다는 생각이 든다. 과거의 좋은 문화는 살리고, 앞으로의 다가올 미래에 대해 늘 대비하고, 학습하는 문화에 대해 긍정적인 사람들의 인식이 자리 잡혔으면 한다.

일을 할 수 있도록 도움을 주는 평생학습에 대해 생각해볼 수가 있다. '대한민국 평생학습 박람회'에서는 앞으로 빠르게 변화하는 지식기반사회, 세계화, 고령화의 시대적 트렌드에 대해 생각해 보면, 학교에서 교육이 끝난 것이 아니라 앞으로 살아가면서 지속적으로 학습을 해야 하는 시대가 온 것이라고 말하고 있다. 평생학습을 하는 이유로 세 가지를 꼽는다. 첫 번째는 자신의 전문성을 키우기 위해 직업 및 일자리에 맞는 자질, 지식을 갖추기 위해 교육에 참석하는 것이다. 두 번째는 직업적 기술의 향상, 개인적인 성장을 목표로 삼아 주도적으로 학습하기 위해서이다. 세 번째는 시대적 요구에 부응하여 핵심적 역량을 키우기 위해 학습에 참여하는 것이라고 말하고 있다. 이렇듯 '일과 학습 병행 학습자'는 변화하는 시대에 맞는 직무 역량을 갖추게 될 것이고, '평생교육 학습자'는 고령화 시대에 따른 평생교육을 통해 제2, 3의 삶을 살아갈 수 있게 될 것이다.

우리의 위치가 현재 있는 이 위치에서 영원할 것이라는 보장은 없다. 그렇다면 앞으로의 삶에 대해 준비하는 과정은 당연하다고 생각된다. 또한 무언가를 해야 한다는 막연한 두려움보다는 준비하는 과정을 긍정적으로 받아들였으면 한다. 어차피 해야 하는 것이고, 미래를 대비한다면 좋은 기회가 될 것이라고 생각한다.

029

:

지속적인 추진력

우리가 일이나 어떤 특정한 것을 시행함에 있어서는 지속적인 노력이 필요하다. 지금 해야 할 일이나 앞으로 해야 할 일들에 대해 사람들이 불안감을 느끼는 것은 똑같다고 생각한다. 하지만 그러한 일들에 대해 받아들이는 자세가 조금씩은 다른 것 같다. 어떤 사람들은 그 일에 대해 생각만 하다가 끝나고, 또 어떤 사람들은 그 일에 대해 실패하더라도 끝까지 해 나간다.

우리는 어떤 사람들인가? 나는 후자를 택하고 싶다. 종종 나약해진 나의 모습을 볼 때가 있다. 사람이다 보니 실패에 대한 두려움을 갖게 되는 것은 어쩔 수 없다. 하지만 나의 태도 또한 별반 다르지 않다는 것을 알게 되었다.

생각만 하다가 끝내지 말고, 어떤 하나의 일이 생겼을 때 끈기를 갖고 추진력을 갖고 실행해 보는 것은 어떨까? 하나하나 일을 끝낼 때마다 성취감을 통한 즐거움을 만끽해 보는 것은 참으로 우리에게 도움이 되는 일이라 생각한다. 나약하게 모든 일을 걱정하기보다는 매사에 긍정적인 태도와 자신감을 갖고 끝까지 이겨내 보자. 승리자로서 정상에 서게 될 것이고, 아무도 당신을 막지 못할 것이다.

우리는 누구나 '꿈'이라는 것을 가지고 살아간다. 지금 내가 원하고 바라는 것을 꿈꾸고 있다면 그 끈을 놓지 말아야 할 것이다. 살면서 무수히 많은 것들을 포기했다. 그리고 그 뒤에 남은 것은 후회와 절망뿐이었다. 생각해 보면 그때의 상황만을 가지고 비관하는 나 자신의 모습이 떠오른다. 아직도 그렇게 해야 하는가? 나는 그렇게 사는 것보다는 묵묵히 나의 길을 걸어갔으면 한다. 세상의 많은 비난과 절망이 나에게 찾아온다고 해도 포기하지 말고 하루를 열심히 살아가고 싶다.

"나는 천천히 걸어간다. 그러나 결코 뒤로 물러서지 않는다."

- 링컨 -

030

CEO의 관점

　회사에서 일어나는 일들 중에 중요한 것이 있다. 회사 내에서 윤리 규범을 지키는 것이다. 사적인 부당이익을 취하기 위한 방법은 잘못된 방법이다. 회사생활을 오래하다 보면 자연스레 회사 내의 제도나 규정을 잘 알게 되고, 이것에 대한 절차나 방법을 본인에게 맞는 방법으로 유리하게 해석하여 부당이득을 취하는 것을 종종 TV에서도 볼 수 있다. '서당 개 삼년이면 풍월을 읊는다'는 말처럼 오랜 기간 동안 자기 일을 하면 그 분야에 능통해진다는 뜻이다. 이 말을 잘못된 방법으로 적용할 건지, 아니면 올바른 방법으로 적용해 효율적인 업무 개선을 할 것인지는 우리 스스로가 고민해 보아야 할 것이다.

　우리는 나무를 보지 말고 숲을 봐야 한다. 지금 눈앞의 작은 이익만을 보고, 그것만이 현재의 만족이라고 생각하면 안 된다. 앞으로 장기간 동안 회사생활을 해야 하고 이를 통해 미래를 만들어 가야 할 사람들이다. 우리는 할 수 있다. 하지만 만약 이런저런 핑계를 댄다면 우리 스스로가 그 정도의 그릇밖에 안 된다는 것을 말하는 꼴

75

이 된다.

성공한 사람들을 보면 그 사람들의 관점이 다르다는 것을 알 수 있다. 바로 CEO관점으로 모든 일에 임한다는 것이다. 우리가 생각하는 관점의 차이에 따라 엄청나게 큰 결과의 차이가 나온다. 지금의 일에 대해 생각하는 관점이 결국에는 계획을 만들게 되고, 계획은 실행을 하게 만들고, 그 실행은 우리의 미래의 모습으로 나타나게 될 것이다. 우리 스스로 생각에 대한 관점의 중요성을 말하는 것이다.

지금 나의 모습이 늦었다고 절대 생각하지 마라. 지금부터 다시 나의 관점을 바로잡고 큰 미래의 그림을 그려보아라. 항상 지금 나의 모습이 이렇다고 비관할 것이 아니라, 계획은 수정될 수 있는 것이다. 지금 잘못된 계획과 실천을 하고 있다면 바로 수정 작업을 진행하라. 그것이 가장 최선의 답이다.

우리가 하는 일 중 대부분이 실패로 끝나는 이유가 바로 과거에 의존하고, 현재 상황을 비교하며, 힘들 것 같다는 막연한 두려움을 갖기 때문이다. 하지만 그냥 이대로 둘 것인가? 나는 다르게 생각한다. 나 또한 무수히 많은 고민을 해 보았지만 최종적인 결론은 실행이다.

그중에서도 우리가 왜 그렇게 해야 하는지에 대한 생각의 관점이 중요하다. CEO관점이라는 것을 말한 이유도 결국 내가 사장이라는 관점에서 모든 것을 바라보게 되면 모든 일들에 대해 책임감을 느끼게 되기 때문이다. '이 일을 통해 내가 최고의 수익을 내려면 어떻게

해야 할까?'를 늘 생각하지 않을 수 없을 것이다. 바로 이러한 관점의
차이에 따라 모든 일들이 결정된다는 것을 잊지 말아야 할 것이다.

031

:

작은 부자 습관

사람들은 살아가며 누구나 돈에 대한 경제적 자유를 꿈꾼다. 하지만 우리 스스로 돈에 대한 관점을 냉정하게 바로 봐야 한다. 돈은 잘 쓰면 즐거움이 될 수 있지만, 잘못 쓰게 되면 독이 될 수도 있기 때문이다. 그 말은 곧 돈을 잘 쓰고, 잘 관리해야 한다는 뜻이다.

우리는 돈에 대한 마인드를 먼저 바로 잡아야 한다. 돈으로 인해 행복해지고 싶다면 아끼고 저축하고, 통제해야 한다. 먼저 우리의 가장 중요한 생활습관을 잡아야 한다. 아무리 돈을 잘 벌어도 지출이 높으면 결코 부자가 되기 어렵다. 운에 따라서 많은 돈을 벌게 된다면 모를까 말이다.

그래서 우리한테 가장 먼저 요구되는 것은 계획, 목표, 실천, 결과의 순서대로 실행하는 것이다. 이를 지켜 주어야 모든 것을 이룰 수 있다. 다음으로는 경제관념을 갖기 위해 공부해야 한다. 돈을 투자했을 때 얻게 될 수 있는 장기투자 수익률, 생활습관, 저축방법 설정을 통한 구체적인 실행방법론을 마련해야 한다. 마지막으로는 경제에 대한 흐름을 이해하는 것이다. 실제 우리나라에서 변동하고 있는 돈의 흐름을 이해하고, 경기변동, 투자처, 부동산, 인플레이션 등을 매일같이 꾸준히 공부하는 것이다.

이러한 방법 세 가지가 같이 선행되어야 부자가 되는 습관을 만들게 되고, 자동적으로 점차 작은 부자 유형에 다가가는 나의 모습을 발견하게 될 것이다. 인생을 길게 보아야 한다. 눈앞의 이익에만 집착하지 말고, 장기플랜으로 나만의 행복자산을 만들어 가야 한다.

이처럼 우리는 한 가지씩 방법을 만들고, 그것에 맞춰 실현해 나가야 한다. 누구나 부자를 꿈꾸는 것은 사실이다. 하지만 현실을 바로 직시하는 것이 우선이다. 부자를 꿈꾸더라도 허황된 꿈을 꾸거나 나쁜 방법으로 머리를 쓰게 되면, 그 결과는 지금보다 더 나쁜 상황을 만들게 될 것이다. 그러므로 우리는 지혜롭게 작은 부자가 되는 방법부터 만들고 실천해야 한다.

심리학자 미하이 칙센트하이는 **"사람이 한 가지 생각에 몰입할 때 지적능력이 최대로 발휘되고, 그 순간 행복감을 느끼게 된다."**고 말했다. 이 말에 따르면, 우리는 자신이 꿈꾸는 '작은 부자'가 되기 위한 생각에 몰입해서 잠재능력을 발휘해야 한다. 예를 들면 '나도 부자가 될 수 있다', '나는 어떻게 하면 부자가 될 수 있을까?', '좋은 집과 건물, 차를 소유하고 싶다' 등의 생각과 관심을 갖고 살아가다 보면, 어느 순간 나의 현실이 꿈과 닮아가고 있는 자신을 발견하게 될 것이다.

032

:

직장 예절의 지혜

직장생활을 하는 사람들에게 꼭 필요한 것이 있다. 바로 조직생활 내의 예절이다. 직장생활은 공동체가 모여서 일을 하는 곳이다. 그러다 보니 직장 내에서의 예절이 중요하다.

일을 잘하는 것을 떠나 그 사람의 인간성에 대한 평판이 매우 중요하게 여겨진다. 예를 들어보자. 전에 다른 부서에서 나보다 윗사람인 양 전화를 해서 그 사람이 나에 대해 아랫사람을 대하듯 전화를한 적이 있다. 이미 시간은 지나갔지만, 나는 그 사람을 예의가 없는 사람으로 생각할 수밖에 없는 것이다. 후에 그 사람과 일적인 부분으로 다시 대면하게 되었다. 그 사람이 나에게 부탁하는 입장이 되었고, 나는 그때의 상황을 기억하고 있었다. 도와주고 싶다는 생각보다 그 사람에 대해 괘씸하다는 생각이 들 것이다.

아무리 일을 잘하고 똑똑하다는 말은 들어도, 직장 내에서 인간관계가 좋지 않다면 그 사람을 시기하는 사람이 많아질 것이다. 결국 그의 앞길을 보장할 수 없게 될 것이다. 한번의 실수로 그 사람을 그렇게 인식하게 되는 것이다. 그러므로 우리는 모든 일에 대해 한번쯤 상대방의 입장에서 생각해 보는 것이 좋다. 지혜로운 제갈공명처럼 사람들을 다루는 처세술에 능한 사람이 되어야 한다.

《마음을 움직이는 승부사 제갈량》에 나온 내용 중의 일부이다.

"어떤 말을 해야 하며, 어떠한 결과가 나올지를 미리 예측할 줄 알고, 현명한 선택을 해야 한다. 한 사람을 이해하는 것은 그의 욕구를 이해하는 것이고, 한 사람을 감동하게 하는 것은 그의 욕구를 충족시키는 것이다. 성공을 위해서 상대방이 진짜로 원하는 것이 무엇인지를 알고, 그것을 제대로 만족시켜 주어야 한다. 사람을 봐야 기회를 놓치지 않고, 생각을 읽어야 판세를 엎을 수 있다."

이렇듯 직장 내에서의 예절은 아주 중요한 것이다. 사람들이 모인 곳에서, 그 사람들 사이에서 나오는 말은 막을 수가 없다. 하지만 당신이 이러한 방법대로 사람의 마음을 움직일 수 있는 능력을 갖출 필요는 있다고 생각된다. 먼저, 당신의 모습을 돌아보라. 이것이 선행된다면 누구나 당신과 함께 일하고 싶어 할 것이다.

033

:

공동체 의식

사람들은 항상 지금 본인의 삶에 대해 공동체 의식을 가져야 한다. 세상은 혼자 살아가는 게 아니다 보니, 항상 상대방을 배려하고 존중해 주어야 한다. 내가 세상의 중심이 되어서 살아간다면 나의 생각 또한 주변 모든 일들에 대해 관심을 갖고, 그런 의식을 가지고 살아가야 한다.

얼마 전에 TV에서 자신만의 이익만을 생각하며 살다가 결국에는 본인 것을 다 빼앗기고, 그로 인해 죽음을 맞게 되는 내용을 본 적이 있다. 세상을 떠날 때 지금 갖고 있는 것은 내 것이 아니다. 그저 현실에서의 산물이라고 볼 수 있다. 나중에 다 놓고 한줌의 흙으로 돌아가는 것이 인생사다. 나의 삶의 목적을 갖기 위한 것이 아니라 나눔을 실천하는 공동체 의식에 두고 살아가야 한다. 유교 이념에서도 구성원 모두가 개인의 이익에만 몰두하는 것이 아니라, 공동체의 옳음이 무엇인가를 항상 생각할 수 있어야 한다고 말하고 있다. 한 나라의 공동체가 바람직한 가치를 추구하고 그에 따라 사회가 원활히 움직여야 우리 사회가 올바른 방향으로 성장하게 될 것이다.

하지만 지금은 어떤가? 그러한 문화가 많이 바뀌고 있는 것 같다. 선진화된 새로운 문화를 받아들이고 그것을 위해 살아가는 것도 좋지만, 과거의 공동체 의식이 많이 사라지고 있는 것이 사실인 것 같다. 세상이 아무리 바뀌어도 우리 스스로 잘 지켜내고 공동체 의식을 바탕으로 한 문화를 만들어 나가야 할 것이다. 나보다 더 못한 사람들에게 관심을 갖고 그들과 이야기하며 좀 더 보람찬 삶을 실천할 수 있는 현실이 되었으면 좋겠다는 생각이 든다.

034

:

독서를 통한 깨달음

삶의 모든 일들에 대해 많은 의구심을 가져보고, 그것에 대한 해결책을 찾아보기 위해 우리들 각자는 많은 노력을 하며 살아간다. 우리는 살아가는 삶의 미래에 대해 알 수가 없다. 그래서 사람들은 현재에도 많은 실수를 하고 깨닫는다. 시간은 우리가 알게 모르게 지속적으로 흘러간다. 나 또한 이런 삶을 왜 살아가야 하는지에 의구심이 많았고, 어떤 삶을 살아야 정말 내가 행복해질까를 생각해보았다. 그리고 해답을 얻었다.

시간이 지날수록 알아가는 것도 있지만, 더 좋은 방법은 독서를 하는 것이다. 나는 독서를 통해 많은 것을 알아가게 되었다. 지금의 내 삶의 방향을 바로 잡으려고 생각하게 된 계기도 우연히 책을 읽다가였다. 시간을 보내며 앞으로 정말 의미 있게 보내고 싶다는 생각을 했다. 재미있는 것들을 하며 보내는 것도 좋지만, 정말로 나를 위한 삶의 의미를 깊게 생각하며 살아가는 것도 인격적인 수양에 많은 도움이 되는 것 같다.

의미 있는 삶을 만들고 싶다면 독서를 해라. 나 또한 책으로부터 내 생각과 행동, 태도, 의식에 많은 영향을 받았다. 삶을 주도하며 살아가는 사람은 시간이 흘러가는 대로 사는 것이 아니라 삶을 주도하여 시간을 통제할 수 있는 능력을 갖게 된다. 나는 독서 365프로젝트를 하고 있다. 매일 꾸준히 독서를 하며 드는 생각이 있다. 그것이 바로 나의 삶의 방향을 바로 잡아주는 것이었다.

사람들마다 각자 다른 생각을 하며 살아간다. 책 속에는 여러 갈래의 길이 있다. 사람들마다 살아가는 방식, 가치관이 다르다. 그 안에서 내가 배울 수 있는 것은 편협한 나의 생각을 바꿔야 한다는 사실이었다. 자신의 판단과 행동이 모두 옳은 것은 아니다. 그래서 이 사람, 저 사람의 이야기를 통해 세상 살아가는 방법을 배우고, 나의 삶을 지혜롭게 만들어 갈 수 있는 것이다.

지금도 책을 읽으며 그 안에서 미처 내가 생각지 못했던 것들을 많이 발견하게 된다. 일상에서 내가 힘들어하고 지쳐있을 때, 좋은 이야기들은 나에게 삶의 에너지를 만들어 주는 것 같다. 나를 힘나게 하고, 원동력이 되어 나의 삶을 만들어 가게 되는 것 같다. 하루하루를 나를 위해 최고의 삶을 살아가는 멋진 사람들이 되길 바란다. 독서는 우리에게 지혜를 주고, 그것으로 우리의 마음을 움직이게 한다. 또한 우리의 삶을 완성해가는 귀중한 보물이라는 것을 잊지 말아야 한다.

035

⋮

리더십을 가진
사람이 되길 원한다면

직장생활을 하는 데 있어 우리는 수많은 의사결정을 내려야 한다. 그때마다 현명한 결정을 내리는 것은 상당히 어렵다고 생각한다. 한 순간만이 아니라 그 뒤에 있을 일들을 예측해야 하고, 한번의 결정에 따라 많은 것들이 변할 수 있기 때문이다. 그러면 우리는 직장생활을 하면서 어떻게 해야 효율적이고, 사람들 사이에서 인정을 받는 사람이 될 수 있을까? 권위적이어야 할까? 아니면 유연하고 명쾌한 태도를 보여야 할까?

실제로 직장 내에서 보면 뒷담화가 엄청 심하다. 그 이유는 조직이라는 상하관계가 존재하기 때문이다. 아무리 좋은 조직이라 해도 그런 결과가 나타난다. 그리고 상하관계를 바탕으로 상사나 동료를 말로 평가하기 시작한다. 그래서 상대방에게 스스로가 어떤 사람으로 비춰지느냐 상당히 중요하다.

앞서 말했던 지도자로서 리더십을 발휘하는 데 있어, 그러한 결정들이 많은 영향을 준다. 권위적으로 직원들을 대할 것인가? 아니면 유연하고 명쾌한, 해결책을 주는 사람이 될 것인가? 스스로 우리가 생각해볼 문제이다.

　나는 개인적으로 상황에 맞게 직원들을 대하는 것이 효과적이라 생각한다. 앞서 말한 두 가지 중 선택해야 하는 사항이 아니며, 서로가 일을 할 때 부드럽고 유연하게 대처하라고 말하고 싶다. 지도자로서 믿고 따라갈 수 있는 영향력을 행사하는 것은 그 사람의 모습 중 인간적인 면모이다. 힘이 세고, 성격의 강한 면만을 어필하는 사람은 당장 앞에서는 카리스마가 있어 보일지는 모르지만, 실제로 사람들은 그런 모습을 좋아하지는 않는다. 또한 잠시 동안은 따라가는 것 같지만, 실제로는 뒤에서 구설이 생길 수밖에 없다.

　그러므로 우리가 직장생활을 하는 데 있어, 조금은 마음의 여유를 가지고 사람들과 합심을 하여 좋은 성과를 이루어야 한다. 직장인들 개개인의 창의성과 개인성을 존중해 주어야 한다. 물론 잘못된 부분은 바로잡아 주어야 한다. 리더십을 가진 사람이 되길 원한다면 진정으로 사람들 사이에 필요한 것이 무엇인지를 알고, 그에 맞춰 좋은 모습을 보여 주어야 한다.

036
:
호감을 주는 사람

　인생을 살며 우리는 수많은 사람들을 만난다. 그리고 그들과 관계를 맺으며 살아간다. 사람들과의 관계를 보면 보통 어떤 이익에 관계된 집단을 형성한다. 서로에게 도움을 주고받는 관계에 대해서 생각해볼 수 있다. 보통 이러한 것들이 뒷받침 되어야 사람들이 마음의 문을 연다. 나 또한 이런 것에 관해서 노력하는 모습을 보이기 위해 애쓰지 않았나 하는 생각이 든다.

　인간의 관계를 맺는다는 것은 어떻게 보면, 이러한 일들이 서로를 위해서 윈-윈(Win-Win)한다고 할 수 있다. 하지만 실제로는 이런 것 말고도 다른 것들이 많다고 생각한다. 개인적으로 우리 스스로에 대한 모습에 책임을 져야 한다. 지금의 우리 모습 속은 상대방으로 하여금 어떻게 보일까?

　우리는 항상 자기중심에서 생각을 하다 보니 본인의 결점을 잘 발견하지 못한다. 우리 스스로 좋은 모습을 만들어 가야 한다. 좋은 성품, 마음가짐, 태도, 가치관 등이 한 사람의 모습을 결정하는 데 많은 영향을 미친다. 그렇다면 우리 스스로 좋은 인간의 모습을 갖추도록 꾸준히 노력해야 한다. 그래야만이 누구나 우리와 좋은 관계를 맺고 싶어 할 것이다. 우리가 누군가에게 호감이 가는 이유도 바로 이런 것이다. 상대방의 모습에 관심이 끌릴만한 매력이 있기 때문이다.

다음은 미국의 심리학자 앨버트 메라비언이 이미지를 결정짓는 요소에 대해 연구한 결과이다. 상대방에 대한 이미지는 시각적 요소 55%, 음성적 요소 38%, 말의 내용 7%로 나타난다. 즉, 첫인상이 이미지를 결정하는데 가장 중요한 요소라고 할 수 있다. 간단하게 실천할 수 있는 방법으로 늘 미소 짓는 얼굴, 부드러운 말투, 옷차림, 신중한 태도를 들 수 있다.

나의 따뜻한 이미지를 사람들에게 널리 전해라. 당신의 모습에 반한 사람들이 당신과 함께 일하고 싶어 하거나 좋은 관계를 유지하고 싶어 할 것이다. 그리고 상대방에게 관심을 표하라. 호감을 줄 수 있는 또 하나의 방법은 먼저 다가가는 것이다. 당신이 먼저 상대방에게 좋은 모습으로 다가가 자연스럽게 관심을 표하는 것이다. 당신의 이러한 태도에 사람들은 호감을 느끼게 되고, 관심사항을 서로 공유하며, 좋은 관계를 유지하게 될 것이다. 사람들은 표현하지 않으면 그 사람이 어떤 사람인지 알 수 없다. 그러므로 먼저 다가가 말을 건네주고, 관심을 표현한다면 그 사람 또한 당신에게 반응할 것이다.

89

"남이 당신에게 관심을 갖게 하고 싶거든 당신 자신이 귀와 눈을 닫지 말고, 다른 사람에게 관심을 표시하라. 이점을 이해하지 않으면 아무리 재간이 있고 능력이 있더라도 남과 사이좋게 지내기는 불가능하다."

- 로렌스 굴드 -

037

⋮

스트레스에 대한
생각의 전환

현재를 살아가며 우리는 무엇인가를 항상 열심히 행하고 있다. 사람들마다 각자의 꿈을 갖고 살아가기 때문이다. 가끔씩은 허무하다는 생각이 든다. 하루하루가 지루하고, 의미 없는 시간으로 보낼 때와 너무 바쁘게 살아갈 때이다. 시간을 적당히 분배해서 내 생활의 리듬이 깨지지 않도록 하는 것이 중요하나, 실제로 그런 삶은 없는 것 같다. 어느 정도의 계획에 맞춰 살아가지만, 매일같이 바뀌는 삶을 통해 혼란스러움을 느끼는 것은 어쩔 수 없다. 그래서 삶에 대한 통제가 필요한 것이다.

매순간 발생되는 일들로 나의 마음이 흔들린다면, 힘들거나 스트레스를 받겠지만 우리의 마음가짐을 바꿔 넓은 시각으로 바라보아야 한다. 우리가 원하는 미래의 꿈이 있기 때문이다. 힘들더라도 내가 하려는 것이 있기 때문에 참고, 다시 한 번 해 보겠다는 마음이 드는 것이다.

우리가 흔히 하는 잘못된 착각 중 하나는 나만이 고통을 짊어지고 간다는 생각이다. 다른 사람들도 다 똑같다. 그 사람들이 하는 일이 쉬워보여도 다 그 사람들만의 고충과 어려움이 있기 마련이다. 우리 스스로가 지금 스트레스를 받고 힘들다면, 우리 주변을 한번 잘 돌아보자. 우리가 하고 있는 일이 얼마나 힘든지, 다른 사람들은 어떤 생각을 갖고 살아가는지 살펴보라. 그리고 지금의 것에만 연연하지 말고 큰 그림을 그리며 정상에 서있을 나를 상상하라. 시간이 지나고 나면 지금의 힘든 상황은 아무것도 아닌 것이 될 것이다.

우리가 받아들이는 생각을 전환해 보자. 예를 들면, 우리가 사회에서 일하는 것이나 공부하는 것을 지겹다고 생각하면 이 생각이 우리를 아주 힘들게 할 것이다. 이것을 '놀이'라고 생각해 보자. 일, 공부라는 관점을 바꿔 매일 즐기는 '놀이'라고 생각해 보자. 또한 여러 가지의 문제점을 해결하는 과정을 즐긴다고 생각해 보자. 매일의 일상에서 벌어지는 일들이 늘 같지 않고 새롭게 다가온다. 그럴 때마다 그것을 내 인생놀이의 한부분이라 생각하며 받아들여보자. 누구나 하는 일이라고 생각을 전환해 보자. 마음이 한결 가벼워지지 않는가? 생각의 전환을 통해 스트레스에서 즐거움을 찾을 수 있을 것이다.

038
:
가족과의 시간

우리가 가장 흔하게, 매일 볼 수 있는 사람은 누구인가? 그렇다. 가족이다. 하지만 우리는 가족의 소중함을 얼마나 알고 있는가? 너무 무심하게 지나치고 있지는 않은가? 다시 한 번 생각해 보길 바란다. 사회적으로 일, 돈, 학교 등 이러한 것들로 누구나 바쁘게 살아간다.

며칠 전에 어머니 생일을 가족들과 함께했다. 그전에는 생일이라는 것을 크게 생각하지 않았었다. 시간이 있으면 같이할 수 있고, 바쁘면 모이기 힘든 자리라고 생각했었다. 하지만 어머니와 가족들과의 오랜만의 모임을 통해 어머니의 변해가는 얼굴을 보며, 내가 그동안 어머니를 자주 찾아뵙지 못했고, 어머니와 함께한 시간이 너무 부족했었다는 생각이 들었다. 조금만 관심을 가지면 될 것을 너무 나의 생활에만 집중하고 있는 것은 아닌가라는 생각이 들었다.

가족들을 위한 시간을 조금씩 만들어 보자. 지금 이 시간은 지나면 영원히 돌아오지 않는다. 본인의 삶에 있어 부와 사회적 지위는 올라갔을지 모르지만, 나중에 그 자리에서 내려오면 보통 많은 사람들이 뒤늦은 후회를 한다고 한다. 내가 목메고 열심히 뛰었지만, 진정으로 나에게 남은 것은 늙어버린 나의 모습, 잃어버린 청춘, 가족에게 소홀했던 시간, 병으로 지친 우리의 모습들이다.

일을 열심히 하지 말라는 말은 절대 아니다. 말하고 싶은 것은 가족들을 위해서 시간을 할애하라는 것이다. 가족들과 보낸 시간은 삶의 소중한 추억으로 간직하게 될 것이다. 이러한데도 가족들을 등한시할 것인가? 아니라는 생각이 든다면 적절하게 시간 분배를 해서 즐거운 추억을 만들어라. 또한 가족들과 그동안 하지 못했던 서운한 마음을 풀어주고, 그들과 대화를 통해 즐거운 시간을 보내라. 그리고 맛있는 음식을 먹으며 기분 좋은 하루를 만들어라. 이러한 작은 것들이 가족들과 본인에게 큰 힘이 될 것이다. 모든 사람들이 매일 바쁘게 살지만, 살아가는 방식에 따라 삶의 즐거움을 만들 수 있느냐, 없느냐가 결정된다.

> "이 세상에는 여러 가지 기쁨이 있지만, 그 가운데서 가장 빛나는 기쁨은 가정의 웃음이다. 그 다음의 기쁨은 어린이를 보는 부모들의 즐거움인데, 이 두 가지의 기쁨은 사람의 가장 성스러운 즐거움이다."
>
> – 페스탈로치 –

페스탈로치의 말처럼 가족들과 함께할 수 있는 소중한 시간을 통해 기쁨을 얻을 수 있고, 우리가 원하는 행복한 가정을 만들어나갈 수 있다.

039

⋮

새벽을 잘 활용하는 방법

"시간을 지배할 줄 아는 사람은 인생을 지배할 줄 아는 사람
이다."

- 에센바흐 -

이 말처럼 시간을 분배해서 하루를 잘 보내는 것은 중요한 일이
다. 그중에서도 나는 새벽을 잘 활용하는 것이 중요하다고 생각한
다. 사람들마다 본인에게 맞는 생체 리듬이 다르기 때문에 새벽이
꼭 맞는다고 할 수는 없으나, 보통의 사람들이 새벽을 잘 활용하는
것은 그만큼 시간을 가치 있게 보낼 수 있기 때문이다. 출근 전 조
용한 시간에 나만의 공간을 만들 수 있는 시간이기 때문이다. 이 시
간에는 아무에게도 방해 받지 않는다.

다들 깊이 잠들어 있는 새벽, 나는 글을 쓴다. 뿐만 아니라 새벽을
통해 오늘 하루의 일들을 계획하고, 가장 나에게 의미 있는 시간을
만든다. 그래서 나는 이 시간을 사랑한다. 처음에는 새벽기상이 적

응이 잘 되질 않아, 육체적으로나 정신적으로나 힘들었던 것이 사실이다. 하지만 하루의 긴 여정 중에 나와 대화할 시간을 갖는다는 것은 나를 다시 돌아볼 수 있기 때문에, 그만큼 소중하다.

여러분도 이런 시간을 한번 만들어 가길 바란다. 처음에는 힘들지만 나중에는 정말 값지고 소중한 시간이 될 것이다. 일찍 일어나는 습관은 또한 우리의 정신 건강에도 도움이 된다. 일을 하며 규칙적인 습관이 몸에 배면, 오히려 이것을 나의 인생에 도움이 되는 습관으로 만들 수 있다. 실제로 많은 작가들이 새벽을 본인의 시간으로 활용하는 사례들이 있다.

김태광의《36세 억대의 비결 새벽에 있다》의 저서를 보면, 새벽을 활용하여 소설을 쓴 작가 스콧트로, 마리오 푸조, 구본형, 공병호 등의 사례를 볼 수 있다. 이러한 사람들은 새벽을 본인들의 저서를 위한 재창조의 시간으로 만들어내었다는 것을 알 수 있다. 나 또한 새벽을 잘 활용하여 새로운 나를 만들어 갈 수 있는 시간을 가져야 한다.

040

:

건강관리에 대한 생각

우리가 살아가면서 아무리 바쁘고 힘든 순간이 찾아온다고 할지라도 우리는 항상 본인의 건강관리에 신경을 써야 한다. 건강에 대해서 대부분의 사람들이 신경을 쓰지 못하는 경우가 많다. 그래서 건강에 이상 신호가 온 뒤에야 비로소 본인의 몸에 관심을 갖게 된다. 내 주변에 있는 분 중에도 그런 분이 있다.

매일 낮과 밤을 가리지 않고 일하고, 야근하고, 회식을 하며 지냈다. 어느 순간부터 몸이 매우 피곤하고 힘들어하는 것을 느끼고, 아내와 같이 병원에 가게 되었다. 병원에서 진단을 받은 결과, 백혈병이라는 판정을 받았다고 한다. 열심히 결혼해서 일만 생각하고, 가족들을 먹여 살리려고 최선을 다했는데 이런 결과를 얻게 되자 본인의 삶에 회의를 느끼게 되었다고 한다.

"병약한 부자보다는 건강한 가난뱅이가 더 낫다."라는 말이 경전에도 있는데, 우리는 여기서 생각해야 할 것이 있다. 내가 지금 살아가는 이유를 한번 생각해 보길 바란다. 우리에게 주어진 삶에 대해 어떤 것을 추구하며 어떻게 살아갈 것인지, 삶의 의미와 가치를 마음의 중심에 두고 자신에게 솔직하고 냉정해져야 한다.

열심히 사는 것도 좋지만, 우리 자신이 살아갈 날들에 대한 이유나 목적을 분명하게 갖고 살아가야 미래에도 우리의 삶이 있을 수 있는 것이다. 의욕만 앞선다고 그것이 전부가 아니라는 것이다. 건강, 가족, 미래에 대한 계획들이 내가 현재 처한 상황에 따라, 내가 하고자 하는 욕심으로 그냥 지나치지는 않았는지 다시 한 번 생각해볼 것을 권유한다. 우리는 어느 순간엔가 자신도 모르게 나이가 들어가고 있음을 발견하게 된다. 인생은 마라톤이다. 단기간에 끝낼 것을 생각하기보다, 앞으로의 긴 여정을 지혜롭게 만들어 가는 것이 더 중요하다. 우리들이 살아가는 이유를 꼭 만들고 건강관리도 잘해서 멋진 인생을 살아가야 한다.

041
:
가슴이 시키는 일

사람들은 누구나 한번쯤 멋진 삶을 살 것을 꿈꾸며 살아간다. 하지만 현실에 비친 내 자신을 볼 때 무언가를 하려고 하다가도 본인의 한계가 여기까지라고 단정 짓는 경우가 많다. 그래서 평생 생각만 하다가 거기에서 끝나는 경우가 많다. 하지만 큰 꿈과 비전을 갖는 것은 상당히 중요하다. 내일에 대해 새로운 것을 꿈꾸며 도전하는 사람이야말로 새로운 것을 이뤄내기 마련이다. 한때 나 또한 무엇인가 큰 꿈을 꾸었을 때 새로운 것에 도전하게 되고 그 일로 인한 성취감을 맛보게 되었다.

도전하고 즐기는 사람이 되어보자. 매일 힘들다고 여러 가지 이유만 늘어놓지 말고, 왜 이것을 해야 하는지에 대한 이유를 찾고, 모든 일에 긍정적으로 임하는 자가 되어야 한다. 성공한 사람들을 보면 하나같이 몽상가였다고 한다.

얼마 전에 유튜브 동영상을 통해 '닉 부이치치'라는 행복 전도사를 알게 되었다. 그는 태어날 때부터 팔, 다리가 없이 기형으로 태어났다. 하지만 자신의 모습에 대해 절망하지 않고, 자신의 모습을 있는 그대로 솔직하게 표현하며 살아가는 사람이었다. 스케이트보드와 서 핑도 타고, 악기를 연주하고, 골프공을 치는 모습을 볼 수 있었으며, 아름다운 부인과 건강한 아들을 둔 행복한 가장이었다. 그는 지금까지 40여 개국을 돌며 많은 사람들에게 희망의 메시지를 전하고 있다.

그의 강연 중에 했던 말이 생각난다. "실패해도 다시 시도한다면, 그리고 또 다시 시도한다면, 그것은 끝이 아니에요. 어떻게 이겨내는 지가 중요하죠." 누구보다 자신의 모습에 힘들어했을 거라는 생각이 들었다. 그런 모습에도 불구하고, 그가 꿈에 대한 긍정적인 태도를 보일 때 다시 한 번 나를 돌아보는 계기가 되었다. '현재의 나의 상황에 불만을 가지지 말아야겠다. 지금 나보다 훨씬 더 안 좋은 상황을 갖고 있는 사람들이 많다'는 것을 다시 한 번 깨닫게 되었다.

새로운 것을 꿈꾸고 이를 통해 본인의 삶을 개척해 나가도록 노력해 보자. 큰 뜻을 가지고 나의 가슴이 시키는 의미 있는 일을 찾아보자. 한번 살다죽는 인생인데 해 보고 싶고, 후회가 남지 않는 그런 일들 말이다. 지금 망설이지 말고 도전해라. 분명히 여러분들에게 좋은 일들이 일어날 것이다.

나는 현재 의미 있는 일들을 만들기 위해 작은 프로젝트를 준비하고 있다. 내 스스로 만들어나갈 수 있는 나의 작은 실천지침서를 만들고 있다. 이것을 통해 진정으로 내가 해야 될 일들에 대한 부분을 만들어 나가고 있다. 이것들이 다 준비가 되면 나의 일상에 많은 도움이 될 자료가 완성될 것이다.

042

:

생각의 방향

 사람들은 수많은 생각을 하며 살아간다. 그 안에서도 의사결정을 통해 많은 일들을 결정짓곤 한다. 어떻게 하면 지금 하는 일들을 문제없이 잘 처리할 수 있을까를 생각해 보게 된다. 직장생활에서도 쉽게 볼 수 있는 것 중 하나가 업무를 함에 있어 수많은 보고를 하게 되는데 잘못된 데이터나 기준을 갖고 보고를 하는 것이다. 우리의 일도 이런 식으로 처리된다면, 일 자체가 엉뚱한 방향으로 흘러갈 수 있다. 그래서 기본적인 업무지침이나 기준을 제대로 잡아야 한다. 그래야 다시 번복해서 일을 처리하는 번거로움 없이 문제점을 해결할 수 있다.

 마쓰시타 고노스케의 《위기를 기회로》에 나온 한 구절이다.

 "작고 사소한 일은 '이익'이라는 기준으로 옳고 그름을 가르면 된다. 다시 말해 이해득실을 따져 의사결정을 하면 된다는 것이다. 하지만 중요한 일은 단순한 이해득실로 의사결정을 해서는 안 된다. 크고 중요한 일은 이해관계를 떠나서 '무엇이 올바른가?'라는 기준으로 결정을 내려야 한다."

사람들의 생각의 기준은 그만큼 중요하다. 매순간의 의사결정 중, 심한 경우에는 그 일로 많은 문제점을 야기할 수 있기 때문이다. 한 번의 실수는 있을 수 있지만, 매번의 잘못된 방법은 오히려 누를 끼칠 수 있으므로 생각을 바로 하는 훈련이 필요하다. '무엇이 올바른가?'라는 기준점을 놓고 다른 방법을 찾아보는 훈련을 하는 것이다. 여러 시각에서 한 가지의 기준점을 갖고 방향을 찾는 것은 아주 효율적인 수단이 될 수 있다.

우리의 눈앞에는 매 순간 결정해야 할 문제들이 항상 놓여있다. 가장 지혜로운 방법으로 처리하려면 어떻게 해야 할까를 늘 고민하고, 그것을 위해 나의 생각의 방향을 바로잡아야 할 것이다. 한번쯤은 우리가 살아가며 필요한 방법이며, 우리가 하는 일을 통해 조금이라도 실수를 줄여나가는 방법을 활용해 보는 것은 우리 실생활에 많은 도움을 줄 것이다.

043

:

감사하는 삶

행복을 꿈꾸며 살아간다면 감사하는 삶을 살아야 한다. 몇 년 전에 길을 걷고 있던 중, 몸이 불편하신 분이 도움을 요청하기에 그분의 댁까지 모셔다 드린 적이 있었다. 그리고 얼마 뒤 그의 가족들로부터 많이 감사하다는 말을 듣게 되었다. 가족들은 그분에게 많은 도움이 되었다며 사례를 하고 싶다고 말씀하셨다. 나는 별로 중요한 일이 아니라서 사양을 했다. 그 이후에도 몇 번을 서로 간에 연락을 주고받았던 기억이 있다.

사실 이 일은 크게 대단한 일이 아니다. 하지만 '그 사람에게는 그 순간 매우 필요했던 일이 아니었을까'라는 생각이 든다. 몸이 불편한데 나에게 도움을 줄 사람은 없고, 나를 외면하는 사람들에게 나쁜 감정을 갖게 될 수도 있던 상황이었다. 그 당시 나는 오히려 그러한 상황에 대해 감사하다고 말씀해 주신 그분의 가족들에게 더 감사를 느끼게 되었다.

사람들은 좋은 기억이 있으면 다시 그만큼을 행하려는 생각을 하게 된다. 하지만 내가 어려움에 처했을 당시 사람들이 나를 외면했다면 어떨까? 나 또한 좋은 생각보다는 내심 약간 서운한 감정을 느끼게 될 수도 있을 것이다. 이렇게 감사라는 말 한마디를 통해 사람의 마음이 달라질 수 있다는 것을 경험하게 되었다.

감사라는 표현은 이렇게 삶을 대하는 자세이며, 세상을 바라보는 관점을 바꿀 수 있는 힘이 된다. 감사하는 마음은 우리로 하여금 과거의 후회와 미래에 대한 불안으로부터 자유롭게 만들 수도 있다. 또한 다른 이를 물질적으로 부러워하는 마음에서도 벗어날 수 있다. 결국, 감사하는 삶은 우리에게 많은 영향을 미칠 수 있다는 걸 알 수 있다.

론다 번(Rhonda Byrne)의 《시크릿》에 나온 내용을 보면, 성공의 비밀에 대해서 이야기하고 있다. 이 책은 우리가 현실을 받아들이고 어떤 자세로 사느냐에 따라 삶의 성공, 행복이 결정된다는 것을 알려준다. 우리가 원하는 것이 명확하고, 긍정적인 태도를 갖고 그것이 실현된다는 믿음이 있으면 '끌어당김의 법칙'에 따라 현실로 나타난다는 것을 이야기하고 있다. 우리 주변의 작은 일부터 감사하는 습관을 가져보자. 우리의 삶에 다가오는 많은 일들이 우리에게 큰 행복으로 여겨질 것이다. 세상의 많은 일들이 우리에게 힘들게 다가올수록 감사하는 마음으로 정화시켜보자. 인생의 긴 여정을 아름답게 만들게 될 것이다.

044

:

서로의 다름을
인정한다는 것

사람들은 저마다의 개성과 특징을 가지고 있다. 개인적인 능력이
나 하고자 하는 일들이 다른 이유이다. 그래서 우리가 무언가에 대
해 획일적인 것을 강요하는 것은 그 사람마다의 특성을 무시하는 결
과를 만들 수도 있다. 예를 들면 그림 그리기를 잘하는 사람이 있고,
말을 잘하고 대인관계가 좋은 사람들이 있다. 세상에 완벽한 사람이
란 존재하지 않는다. 본인이 그중에서도 가장 잘하는 분야가 있기
때문에 다른 것에 대해 남들이 잘못한다고 나무라서는 안 된다.

우리 사회를 깊이 들여다보면 실제로 그런 것들이 만연해 있다. 이
런 사회에서 모든 일들을 잘 진행하기 위해서는 그 사람 개인의 특
성을 잘 살릴 수 있는 기회를 만들어 주어야 한다. 한 예로, 결혼을
들 수 있다. 상대방을 사랑하며 그 사람에 대해 알게 된다고 생각해
보면, 서로 다른 20~30년을 살아왔기 때문에 나와 그 사람과의 생
활 방식의 차이가 엄청나게 크다는 것을 알게 될 것이다. 가장 중요
한 것은 그는 내가 될 수 없고, 나 또한 그가 될 수 없다는 사실이

다. 서로의 다름을 인정하고 양보해 주어야 사랑이라는 것이 싹트게 되고, 결혼까지 골인하게 되는 것이다. 결혼이라는 것은 인생을 살면서 지속적으로 서로 맞추어 가는 것이다. 그것이 곧 사람들의 다름을 인정해줄 수 있는 방법이라고 생각한다.

또한 현재 우리나라는 단일 민족 국가에서 많은 민족들이 들어와서 같이 살고 있는 다문화가정으로 변화하고 있다. TV 등의 언론보도를 통해 접하는 그들은, 생활 방식이 다른 우리나라에 와서 살며 적응해 나가고 있다. 물론 잘사는 사람들은 잘살지만 그렇지 않은 사람들도 많은 것 같다. 가정폭력, 학대, 이혼, 언어, 차별문제 등으로 심각한 사회문제가 발생되곤 한다. 이들도 똑같이 살아가는 사람들이다. 우리와 다르다는 이유만으로 편견을 갖고 그들을 바라볼 것이 아니라, 우리가 똑같이 그들에게 관심을 보여주고 도와주어야 할 것이다.

앞으로 우리나라의 문화나 생활 방식의 전환이 필요하다고 생각된다. 서로의 다름을 인정하고 서로가 협력하여 좋은 방안을 만들어야 한다. 그래야 우리 사회가 더욱 살기 좋은 사회로 변화되지 않을까 생각한다.

045
⋮
현대인의 불행한 원인

삶이 불행한 이유는 무엇일까? 먹고 살기 힘들거나, 병으로 고통스러운 것이 전부는 아니다. 높은 위치에 있는 사람도, 부자도 우울증에 빠지거나 삶을 힘들어한다. 특히, 못사는 나라보다 잘사는 나라에서 자살, 마약, 코카인을 비롯해 범죄가 더 많다고 한다.

현대인의 불행의 원인이 무엇일까? 지난 과거의 삶으로 돌아가 보면 이유를 알 수 있다. 산업혁명을 시작으로 대량생산과 대량소비가 일어나기 시작하면서 많은 사람들이 물질적인 것에서 행복을 찾기 시작했다. 이로 인해 사람들의 물질만능주의가 나타났고, 이것이 현대에까지 이르게 되었다. 즉, 물질지향적인 삶이 나라 간의 전쟁, 개인 간의 경쟁, 시기, 질투를 유발시켜 불행한 사회를 만들어 가는 풍토가 조성된 것이라고 할 수 있다.

이러한 사회 속에서 사람들은 마음의 병을 얻고, 이로 인해 인생의 의미를 찾지 못 한다. 더욱이 다른 사람들에게 휘둘리게 되면서 본인의 정체성을 찾지 못하는 결과가 나타나고 있다. 그렇게 직장에서 열심히 했는데 인정을 받지 못하고, 내 사업을 열심히 했는데도 성과가 나지 않는다면 기분이 어떨까? 우리의 삶은 다시 목표를 잃어버리게 되고, 공허한 자신을 발견하게 될 것이다.

우리는 진정한 삶의 의미를 찾아야 한다. 지금 현재의 나의 모습에서 벗어나야 한다. 세상은 늘 시간이 흘러가는 대로 돌아간다. 내가 일을 하든 말든, 그것은 중요하지 않다. 그렇기 때문에 개인적인 문제로 힘들다면, 이제는 털어버려야 한다. 세상 속에 있는 나를 발견하고, 내가 진정으로 되고자 하는 이상향을 꿈꾸고 그것을 위해 정진해야 한다. 마음을 열고 모든 것을 잘 받아들여라. 지금 내 생각의 틀에서 벗어나면, 진정으로 원하는 존재지향적인 삶을 살아갈 수 있게 될 것이다.

046

⋮

오늘이
내 생의 마지막 날이라면

만약 오늘이 나의 마지막 날이라면? 아무리 내가 잘살고 능력이 있다고 해도 삶은 숙명처럼 다가온다. 누구나 삶은 공허하고 허무하다. 사람은 모두 죽게 되고, 내가 살면서 누렸던 모든 즐거움을 내려놓아야 하기 때문이다. 이것을 내가 받아들이지 않는다고 해서 해결되는 것은 아무것도 없다.

죽음의 괴로움에 대처하기 위해 발버둥치는 모습은 학생이 시험공부에 대한 두려움을 회피하며 TV나 게임으로 자신을 위로하는 모습에 비유할 수 있는데, 실제로 오래가지 않는다. 오히려 현실을 냉정하게 받아들이고, 열심히 공부해서 자신이 원하는 목표를 이루어야 한다. 죽음에 대한 것도 이와 다르지 않다. 오늘이 마지막이라도 오늘을 위해 열심히 살자. 결국은 다 죽게 되니까 의미 없다고 할 것이 아니라, 오늘 하루를 살다가 죽더라도 의미 있는 일을 하며 살다가 죽는 것이 낫다.

'님아, 그강을 건너지 마오'라는 영화는 KBS '인간극장'이라는 프

로그램에서 방영된 '백발의 연인'을 토대로 만든 영화이다. 이 영화
는 노부부의 76년 평생의 사랑과 이별에 관한 내용을 담았다. 결국
부부는 예견된 이별을 맞이하지만, 평생 동안을 서로 사랑하며 지내
왔다는 것을 노년의 모습을 통해서 알 수 있다. 죽음이라는 것은 숙
명적으로 받아들여야 한다.

　우리가 살아가는 삶의 모습을 한번 돌아보자. 정말로 인생에서 중
요한 것은 무엇일까? 내 인생의 마지막 날이 어떤 결과로 끝날 것인
가를 생각해 본다면 알 수 있을 것이다. 이 영화처럼 마지막 날까지
도 서로를 위해 사랑하며 살다가 죽는 모습을 보면서, 지금 내가 가
장 소중한 것을 놓치고 있지는 않은가 한번 생각해 보아야 할 것이
다. 삶을 소중하게 받아들이고, 그 안에서 가장 중요한 것을 깨닫고,
삶을 대하는 태도를 변화시켜야 한다. 오늘이 내 생의 마지막 날인
것처럼 말이다.

047
:
나만의 고민 해결법

　사람들은 저마다 사고방식과 행동이 다르다. 그래서 문제를 해결하는 방식 또한 다르다고 할 수 있다. 나 또한 지금까지 지내온 삶을 돌아보면, 무수히 많은 생각과 결정을 통해 지금의 나로 살고 있는 것이다. 잘했든 못했든 간에 일단 지나온 날들에 대한 결정과 그로 인한 결과는 나의 몫이다. 그때마다 간단한 문제라도 그것을 해결하기 위해 많은 고민을 했던 것이 사실이다.

　얼마 전에 회사에서 고객들의 불편요소를 해결하기 위해 회의를 했던 일이 생각난다. 고객들은 불편사항에 대한 개선을 요구하고, 회사에서는 고객들에게 정해진 방침에 따를 것을 권유할 수밖에 없는 상황이 되었다. 이때 둘 사이에 끼어 입장이 난처하게 된 상황을 겪었다. 사실 정답은 없다. 하지만 고객과 회사와의 관계를 유지시키며 최고의 해결책을 찾아야 하는 것이 정답인 것이다.

　《인생고수》 중에 데카르트의 '응급 처치 논리'를 보면 **"첫째, 판단이 서지 않을 때는 그 분야의 가장 현명하고, 총명한 사람들이**

택하는 길을 따르도록 해라. 둘째, 일단 결정을 내렸다면 분명하고 확실하게 나아가라. 마지막으로 운명보다도 나를 이기며, 세계의 질서보다는 오히려 내 욕망을 바꾸려고 노력해라. 아무리 철저하게 준비했다 해도 운명은 항상 내 편에 서주지 않는다. 그러니 실패했을 때 '이건 내 몫이 아니었어' 하고 담대하게 받아들여라."라고 조언한다.

실제로 고민을 많이 하더라도 그 안에서 내가 어떠한 기준점을 발견하지 못한다면, 잘못된 결정을 하게 되고 후회하는 경우가 많다. 이를 예방하기 위해서는 '응급 처치 논리'를 통해 내 생각의 관점을 바로 잡아야 한다. 똑같이 결정을 하고 후회를 할 수도 있다. 하지만 그 분야에 대해 잘 알고 있는 사람의 의견을 받아들이면, 혼자 고민하는 것보다 해결할 수 없는 일들에 많은 도움이 될 것이다.

또한 결정을 하고서도 길을 잃은 아이처럼 헤매다가는 상황이 더 안 좋은 방향으로 흘러갈 수도 있다. 길을 잘 모르겠다면 '가장 옳게 보이는 길'을 따라 그대로 나아가야 한다. 그리고 욕망에 대한 나의 마음을 비워야 한다. 일이 잘 풀리지 않는다고 해서 혼자 고민을 해 보았자 달라지는 것은 없다. 오히려 더 힘들어지게 될 것이다. 겸허히 나를 받아들이고, 그것을 개선하기 위해 노력하는 자세를 가져야 할 것이다.

우리는 가끔씩 본인만의 관점에서 논리를 펼친 적이 있을 것이다. 잘된 결정을 할 수도 있고, 잘못된 결정을 할 수도 있다. 하지만 생각하는 방식의 기준을 조금 변화시켜 본다면, 우리 마음속의 고민 해결 방법은 좀 더 나아지게 될 것이다.

048

:

삶의 행복지수

우리 사회는 많은 경제성장을 이루었지만, 곳곳에서는 아직도 못살겠다는 소리가 여전하다. 그 이유는 무엇일까? 왜 성장을 이루면서도 사람들로 하여금 이러한 생각을 하게 만드는 것일까? 경제 성장률은 높아졌지만, 실제로 우리 생활은 더 힘들어지고 내 몫은 더 줄어든 것과 같은 느낌을 받게 되었다. 내 생각에 '가난'이라는 것은 영원히 없어지지 않을 것이다. 사람들이 희망하고 원하는 욕망이 점점 더 커지고 있기 때문이다. 특히, 우리나라와 같은 자본주의 문명에서는 여러 요인들이 이러한 욕구를 지속적으로 부추기게 될 것이다.

현재 우리 삶의 모습은 어떠한가? 잘사는 사람과 못사는 사람 간의 양극화 현상이 점점 심해지는 것 같다는 느낌이다. 2015년 세계 행복지수에 나온 결과에 따르면, 우리나라의 삶의 행복지수는 59점으로 조사대상국인 세계 143개국 중 118번째이자 하위 수준이라는 것을 확인할 수 있다. 이 사실을 통해 우리가 왜 살고 있는지를 한번쯤은 생각해 보아야 할 것이다.

얼마 전 TV를 통해 국민이 행복한 나라 '부탄'을 본 적이 있다. 부탄은 인도와 중화인민공화국 사이의 히말라야 산맥에 있는, 74만이라는 인구의 작은 나라이다. 그들은 국민소득보다 행복추구를 중요하게 여기고, 전통을 고수하고, 자연과 함께 건강과 행복을 우선시하고 있다. 또한 돈의 가치로 행복의 기준을 삼지 않으며, 밝은 웃음과 소박한 생활로 행복한 삶을 살아가고 있다. 이러한 사실을 알고 난 뒤 우리나라를 바라보면 어떠한 생각이 드는가? 우리가 살아가고 있는 이유에 대해 너무 간과하고 있지는 않은가?

우리는 이러한 물질적인 것에 너무 기대며 살아가지 말아야 한다. 실제로 부탄과 같은 나라에서 배울 점이 많다. 단순히 행복을 추구하는 삶을 우리의 욕망이라는 것으로 채우지 말아야 할 것이다. 인간으로서 살아가야 하는 이유를 늘 생각하며, 그 안에서 우리가 행복을 꿈꿀 수 있는 방법을 찾아 나아가야 할 것이다.

049

⋮

콤플렉스 해결법

사람들은 누구나 콤플렉스를 갖고 있다. 이러한 사실을 남들에게 보여주기 싫은 것은 누구나 같은 생각일 것이다. 예를 들어 눈에 띄게 큰 점을 갖고 있다든지, 뚱뚱하다든지, 키가 아주 작든지 등의 이유로 타인에게 놀림을 받게 되면 당사자는 엄청난 마음의 상처를 받게 될 것이다. 하지만 어쩔 수 없는 것 아닌가? 노력을 통해 해결을 하거나, 해결할 수 있는 방법이 없다면 있는 그대로 자기 자신을 솔직하게 받아들여야 할 것이다. 콤플렉스가 없는 사람은 없다. 완벽하다면 그 사람은 신이지 인간이 아닐 것이다. 사실을 있는 그대로 받아들이는 것이 중요하다고 생각한다.

나의 초등학교 시절 중 학예발표회 때가 생각난다. 악기를 다루는 합창대회 때 각각의 악기를 다루는데, 당시의 나는 악기를 잘 다룰 줄 몰라서 부끄러워하며 남들이 하는 손모양만을 따라했던 기억이 난다. 이후로 악기를 다루는 것에 대한 콤플렉스가 생기게 되었다. 박자와 리듬을 맞추지 못하고, 그냥 혼자서만 다르게 악기를 다루었던 것이다. 이러한 사실은 내가 어렸을 때 같이 지냈던 친구라면 누구나 다 알고 있다.

만약 내가 이러한 콤플렉스를 지금까지도 계속 숨기게 된다면, 앞으로도 영원히 악기를 다루지 못하는 사람이 될 것이다. 그래서 나는 이를 극복하기 위해 나 자신에게 먼저 솔직해지자는 생각을 했다. 콤플렉스 하나에 얽매여 단점을 감추기에 급급하기보다는 자연스럽게 드러내기로 했다. 이것을 통해 오히려 마음이 한결 가벼워진 느낌을 받게 되었다.

우리는 자신의 부족한 점에 대해 비관하거나 소심한 태도를 보이는 경우가 많은데, 이는 옳지 않다. 열린 마음으로 사실에 대해 겸허히 받아들이고, 자신을 솔직히 보여주는 태도가 중요한 것이다. 그렇게 한다면 오히려 사람들은 당신을 더 정직하고 진솔한 사람이라고 인정하게 될 것이다.

050
:
고난을 극복하는 힘

   영국의 역사가 토인비는 '역사는 도전과 응전의 기록'이라고 말했다. 이 말은 고난을 잘 극복한 나라와 민족은 발전하지만, 이겨내지 못하면 역사에서 사라지고 만다는 의미이다. 과연 우리는 현재 고난을 극복하며 열심히 살아가고 있는가? 지금 우리의 모습은 주어진 현실에서 평범하게 살아가는 사람들의 일상이라고 할 수 있다. 만약 내가 인생이라는 역사 속에서 힘든 갈림길에 놓여있다면 어떻게 극복해야 할까? 문득 이러한 생각이 들었다.

   '팀 호이트' 부자의 이야기가 생각난다. 전신마비 장애가 있는 아들과 함께 38년간 철인 3종 경기 6회, 단축 철인 3종 경기 206회를 완주하였고, 달리기와 자전거로 6천 킬로미터의 미 대륙을 횡단한 세상에서 가장 아름다운 아버지와 아들의 이야기이다. 팀 호이트 부자는 그들이 맞닥뜨린 고난을 극복하면서 꿈을 이루어간다. 전신마비의 장애를 안고 있지만 또래 아이들처럼 달려보고 싶은 아들의 꿈을 위해 불가능에 도전하는 아버지의 모습을 볼 수 있다. 영화로도 소개가 되고 있는 이 이야기는 우리에게 많은 감동을 준다.

이처럼 우리 스스로의 문제를 해결하려고 하면, 우리의 정신과 능력은 지속적인 성장을 하게 될 것이다. 만약 현실에만 안주하고 그것을 유지하려고만 한다면, 놀랍고 기쁜 일들은 일어나지 않게 될 것이다. 도전이라는 새로운 과제가 나에게 찾아오면, 이것을 스트레스로 받아들이지 말고 즐겨라. 이러한 과정을 통해 우리는 더 강해지게 될 것이다.

어떠한 인생을 살 것인가? 그냥 이렇게 살다가 끝낼 것인가, 아니면 도전을 통해 우리 스스로를 변화시킬 것인가? 선택은 우리의 몫이다. 도전을 통해 성취하고 이뤄낸 나의 모습을 상상해 보아라. 분명 우리 인생에 큰 의미로 다가올 것이다.

118

051

⋮

백만장자 습관

대부분의 백만장자도 그 이전에는 평범한 삶을 살았다. 그들도 일반적인 사람들과 다를 바 없다. 그런데 우리는 보통 그 사람들은 우리와는 전혀 다른 세상을 살아갈 것만 같다고 생각한다. 실제하는 그들은 단지 보통사람과 생각하는 사고방식이 조금 다를 뿐인데 말이다.

백만장자들이 현재의 위치에 있을 수 있는 것은 다음의 공통적인 요소들을 갖추고 있기 때문이다. 첫 번째, 자신의 힘으로 현재의 부와 지위를 쌓아올렸다. 그 비결은 자신이 좋아하는 것, 잘하는 것, 사람을 기쁘게 하는 것을 직업으로 삼고 있는 것이다. 두 번째, 꼭 갖추어야할 성품으로 성실성을 들었다. 그들은 성실성을 바탕으로 한 사고방식과 건강습관을 갖고 있다.

세 번째, 행운이 따랐다고 생각한다. 노력을 함으로써 운을 자기 것으로 만들었기 때문이다. 네 번째, 위기를 극복하는 힘이다. 성공에 이르기까지 커다란 실패와 좌절을 경험했고, 그것을 극복하여 현재의 성공을 이뤄냈다. 다섯 번째, 위기의 상황에서도 다른 사람들이 그들을 응원해 주고 지원해 주었기 때문이다.

여섯 번째, 인생의 스승인 멘토가 그들의 인생을 이끌어 주었다. 일곱 번째, 배우자와의 좋은 관계이다. 여덟 번째, 자녀들에게 돈을 남겨주는 것이 아니라 지혜를 전해 주는 것이다. 아홉 번째, 장기적인 안목을 갖는 것이다. 인생을 장거리 마라톤이라 생각하며 미래를 위해 준비한다. 장기적인 투자를 하는 것이 이에 해당한다. 마지막으로 어떤 일에 대해서 신속한 결정을 내린다. 스스로의 결정을 성공의 중요한 요소라고 여긴다.

부자라고 해서 밥을 많이 먹거나 돈을 더 많이 쓰고, 매일 놀러다니는 사람들은 아니다. 그들도 똑같은 이 시대를 살아가고 있는 사람들이다. 그들의 삶의 원칙이나 방식들을 생각하며 좋은 습관을 만들어 간다면 누구에게나 기회는 열려 있다. 특정한 누군가가 아니라, 우리의 삶을 스스로 만들어 가는 사람이 되어야 할 것이다. 지금부터 작은 실천을 통해 우리의 삶을 변화시켜보자.

052
:
매너리즘에서 벗어나려면

가끔씩 우리는 일상에 익숙해져서 의식하지 못한 채 시간이 흘러가는 대로 그냥 보내는 경우를 종종 볼 수 있다. 매일같이 하는 일이라 능동적이지 않고 수동적인 상태를 보이는 것이다. 그것에 빠져서 헤어나지 못하게 되면 우리는 많은 것을 잃게 될 것이다. 그럴수록 스스로 의식하고, 그 안에서 우리가 해야 할 일에 대해 적극성을 가져야 할 것이다. 그렇지 않으면 매너리즘의 늪에서 헤어나기 힘들어진다.

매너리즘의 원인을 찾아보자. 무언가에 대해 우리는 너무 익숙해져 있는데 더 이상의 성공과 발전의 가능성을 보지 못하게 되는 경우, 초심을 잃어 매너리즘에 빠지게 되는 것 같다. 드라마 '미생'의 일부분인 강 대리와 장백기의 이야기가 생각난다. 대부분의 사람들은 평범한 일, 지루한 일을 한다. 세련되고 화려하며 박력 있는 삶은 드라마 속에서만 존재하며, 실상은 대부분 단조롭다. 그 렇기 때문에 바쁘고 힘든 삶 속에서도 대부분의 사람들이 매너리즘에 빠지기 쉽다는 것이다.

대부분 학창시절을 보내고 사회에 나와서 실제로 일을 하게 되면, 우리가 생각했던 것과는 다르게 돌아가는 현실을 보고 안타까워하는 경우가 많다. 하지만 우리는 이런 것에 낙담할 것이 아니라, 그 일의 의미를 발견하고 일에 대한 책임감을 가지고 성실히 수행해나가야 할 것이다. 그 안에서 스스로를 의식하지 못한다면, 우리는 기계적이고 수동적인 사람이나 다름없기 때문이다.

전 세계적으로 유명한 대중소설가 스티븐 킹(Stephen King)이 생각난다. 그가 쓴 소설 중 대작인 《쇼생크탈출》, 《미저리》 등은 영화로 만들어질 만큼 유명하다. 얼핏 생각하기에 그의 삶이 매우 화려하고 스펙터클할 것 같지만, 사실 스티븐 킹의 습관을 살펴보면 매일 똑같은 일상을 반복한다고 한다. 새벽부터 책상에 앉아 매일같이 정해진 분량만큼의 글을 쓰는 습관을 갖고 있다고 한다. 그는 이미 엄청난 부자가 되었지만 매일같이 글을 쓴다고 한다.

본인이 원하고 생각했던 일들이 잘 이루어지지 않는다고 하여, 스스로 나태해지는 모습을 보이는 것은 매너리즘에 빠지는 지름길이 될 것이다. 똑같은 일을 하며 시간을 보내더라도, 그것을 받아들이고 생각하는 사람의 태도에 따라 결과가 달라진다는 것을 잊지 말아야 할 것이다.

053
:
행복한 부자

'부자가 되려면 부자에게 점심을 사라'는 말이 있다. 이는 부자의 생각, 행동, 마인드를 그 사람들을 통해 이해하라는 말이다. 우리는 부자라고 하면 돈만 많은 부자를 떠올리곤 한다. 하지만 그것 말고도 생각해야 할 것들이 있다. 바로 돈에 대한 바른 생각이다. 돈을 많이 벌고, 돈이 많다고 해서 이들이 모두 부자는 아니다. 돈에 대해 바르게 쓸 줄 아는 사람, 돈을 모을 때도 열심히 노력해서 모은 사람, 그리고 마음이 행복한 사람이 진정한 부자가 아닐까 생각한다.

어제 본 뉴스에서도 중국의 고위직 간부였지만, 뒷돈을 받아 수억 원의 자산을 보유하다가 한방에 무너지는 사례가 보도되었다. 그 사람의 입장에서 볼 때 너무나 아쉽겠다는 생각이 든다. 지금 있는 자리에서도 분명히 많은 돈을 벌고 일반사람들보다는 훨씬 더 호의호식하며 살았을 텐데, 작은 것을 탐하다 덫에 걸리고 만 것이다. 인간의 욕망은 정말 끝이 없는 것 같다. 본인의 욕망을 채우기 위해 수단과 방법을 가리지 않고, 일단 나의 입장만을 고집하다가 결국에는 파멸로 이어지는 것을 우리 주변에서도 쉽게 볼 수 있다.

지금 시대에는 이렇게 살아서는 안 될 것이다. 진정한 행복을 누릴 수 있는 마음의 부자가 되어야 한다. 그래야만이 우리가 살아가는 이유에 대해 좀 더 가치 있고 의미 있는 일들을 더 많이 만들게 될 것이다. 나 또한 이런 것을 보면서 돈에 집착했던 기존의 내 모습을 돌이켜 보았다. 돈을 모으려고 아등바등하며 살아가던 나의 모습을 말이다.

만약 갑작스럽게 나에게 큰돈이 주어진다면 수많은 고민을 하게 될 것이다. 어떻게 잘 써야할까를 고민하게 될 것이기 때문이다. 지금 생각에서는 돈을 모으되, 좀 더 깨끗하고 삶의 보람을 만들어 가며 즐거운 인생을 살아갈 수 있는 모습을 꿈꾸고 싶다.

124

054
⋮
직장생활의 모습

하루하루가 지치고 힘들 때가 많다. 무엇인가 직장생활을 하면서 의미 있는 일들을 만들고 싶다는 생각을 하게 된다. 매순간들을 좀 더 즐겁고 보람차게 보냈으면 한다. 이는 생각하기 나름인 것 같다.

우리는 하루 24시간 중 직장에서 대부분의 시간을 보낸다. 직장에서 누가 시켜서 하는 것처럼 수동적으로 일을 하다 보면 지루하고, 어쩔 수 없이 일을 한다는 그런 느낌을 받게 될 것이다. 일의 즐거움을 발견하지 못하는 경우는 오랫동안 일을 했거나, 다른 사람들로부터 인정을 받지 못하거나, 내가 원하는 일이 아니라서 그 일에 대한 애정이 없기 때문이다. 하지만 이렇게 지속적으로 하다가는 오래가지 못하게 될 것이다.

물론, 내가 원하는 스타일대로 나에게 맞추어주는 그런 직장은 이 세상에 없다. 그렇기에 똑같은 일을 하더라도 생산성을 높이거나, 성취나 목적의식이 필요한 것은 사실이다. 일에 대해서 나름대로 보람도 찾고, 그것을 잘 발전시켜 나가는 것이 중요하기 때문이다. 매일

같이 일을 하더라도 내가 하고자 하는 목표를 갖는 것은 상당히 중요하다고 할 수 있다. 목표를 갖고 일을 하는 사람과 목표가 없이 일을 하는 사람과는 당연히 업무성과에서 차이가 크게 나타날 수밖에 없다. 또한 직장생활 내에서의 만족도, 그 사람에 대한 다른 사람의 호감도, 자부심 등이 다르게 나타난다.

큰 기업의 회장이나 고위직 공무원 등이 아니더라도 우리가 하는 일에 대해서 전문가가 되려고 노력한다면, 우리의 모습은 다른 사람에게 진정으로 프로 같은 느낌을 주게 될 것이다.

하루하루가 매일 지치고, 고되고, 지루하더라도 생각을 변화시켜 보자. 내가 주도하는 삶의 모습을 그려보자. 하루하루가 일하고 싶어서 안달이 날지도 모른다. 특히, 오랫동안 일을 한 사람들은 그 일에 대해 신물이 날 정도로 스트레스를 받거나, 어쩔 수 없이 하는 일이라고 생각하기 쉽다. 하지만 그야말로 어쩔 수 없지 않은가? 지금의 일이 지겹다고 느끼면, 점점 더 하기 싫어질 것이다. 직장생활의 즐거움을 만들어 보자. 지금보다 좀 더 의미 있게 말이다.

055

:

직장 내 고충사항 해결 방법

우리는 직장생활을 하면서 수많은 일들을 겪게 된다. 직장생활에서 고충을 겪는 원인으로는 근로환경 및 조건에 대한 불만, 인간관계, 심리상태, 개인 문제 등을 들 수 있다. 그중에서도 가장 어려운 문제는 인간관계라고 생각한다. 그리고 이를 해결하는 가장 좋은 방법은 소통이라고 생각한다.

다양한 사람들이 만나서 일을 하다 보니, 서로의 생각과 스타일이 다르기 때문에 그 사람들과의 관계가 원활하지 않으면 일을 하기가 힘들어진다. 그렇다면 어떻게 해서 그 관계를 잘 풀어가야 할까? 직장 내에서 선배에게 아부를 하거나 자신의 다른 면모를 보여주려는 모습은 이중적인 모습일까? 사실 어떻게 보면 사람들의 이중적인 면이 어쩔 수 없다는 것을 안다.

무엇보다도 실제로 나의 진실된 모습을 보여주는 것이 중요하다는 생각이 든다. 기본적인 인간관계의 룰을 지켜나간다면 어디서나 인정을 받게 될 것이다. 튀거나, 잘나 보이려고 하거나, 독단적인 태도

127

를 보이는 등의 모습은 오히려 사람들에게 미움을 받기가 쉽다. 사람들이 진정으로 인정하는 사람은 묵묵히 자기자신을 위해 일하는 사람들이다. 말만 앞서서 자기자신을 드러내는 것보다 자신의 일을 열심히 수행해 나가는 사람이 더 보기가 좋고, 이러한 사람이 불필요한 말을 많이 하지 않아서 실수를 덜하기 때문이다.

누구나 개인의 특성을 갖고 있다. 사람들의 다름을 인정하는 것은 중요하다. 하지만 인간관계에 있어서 진실성을 보여주는 사람이 되어야 한다. 그래야만 어떠한 고충이 나에게 찾아오더라도 다른 사람에게 도움을 받을 수 있기 때문이다.

주변의 동료들이 회사를 떠나는 경우를 여러 번 봤다. 그 사람들이 떠난 이유를 들어보면 대부분이 인간관계 때문이다. 사람들과의 관계가 좋지 않거나, 사람을 싫어하는 이유 등으로 회사를 떠난다. 너무 아깝다는 생각이 많이 든다. 열심히 일해 보려고 온 사람들인데, 인간관계를 잘하지 못한다는 이유로 상처를 받고 떠난다는 것이 아쉽다는 생각이 든다. 조금만 상대방을 이해해 주고, 너그럽게 상대방을 배려해 준다면 좋은 인간적인 관계로 직장을 떠나는 일이 줄어들지 않을까 생각한다.

056

:

무거운 생각 내려놓기

사람들이 생각하는 것들 중의 대부분은 쓸데없는 걱정이다. 이렇게 쓸모없는 걱정을 하면서 보내는 시간이 많다고 한다. 그래서 생각을 정리하는 습관이 중요하다. 세상의 모든 일들은 내 뜻대로 되지 않는 것들이 대부분이다. 그러므로 어떤 일에 대해 마치 내가 아니면 안 될 일이고, 내가 없으면 안돌아간다고 생각한다면 본인 스스로가 중압감에 힘들어지게 될 것이다. 오히려 적당한 것이 약이 될 수도 있다. 생각만 하며 걱정하다가 이것도 저것도 아닌 채 끝나는 경우가 많기 때문이다.

무거운 생각을 버리라고 말하고 싶다. 내 마음속에 나를 괴롭히거나 힘들게 하는 것들이 있다면 그것의 원인이 무엇인지, 지금 이 상황에 해야 할 일이 무엇인지 생각해야 한다. 사람들은 매번 새해가 되면 새해소원과 목표를 생각하고 세운다. 새로운 해를 맞이하며 지난번에는 이루지 못했던 것들을 나열해 보고, 그중에 내가 스스로 세운 약속을 지키지 못했던 이유를 찾아보고, 그것을 잘 이행할 수 있는 방법을 찾아야 한다. 결국 내 생각의 방향이 모든 일의 결과를 만들게 되는 것이다. 그러한 것을 생각해 볼 때 새로운 계획을 세울 때는 미처 생각지 못했던 일들을 꼼꼼히 체크하고, 실행이 가능한 일들로 계획을 세워야 한다.

지금까지 나의 일들을 돌아보면, 그냥 지나치고 시간이 날 때만 무언가를 하려고 했던 습성들이 너무 많았던 것 같다. 그 원인이 결국에는 내 생각의 정리가 이루어지지 않았기 때문인 것 같다. 쓸데 없는 생각으로만 머리를 가득 채우고, 내가 활용해야 할 것들에 대해서는 정리가 이루어지지 않았던 것이다.

마음수련이나 명상법을 활용하는 것도 좋은 방법이라 생각한다. 아무도 없는 곳에서 혼자 나만의 생각을 할 수 있는 시간과 공간을 갖는 것이다. 그 안에서 천천히 나를 돌아보며 생각해 보는 것이다. 무엇이 나를 힘들게 하는지 천천히 하나씩 생각해 보고, 해결책을 찾고, 버려야할 생각들을 정리해 보자. 그렇게 해 보면 지금까지 내가 왜 힘들어했는지 이유를 발견하게 될 것이다. 마음속에서 불필요한 것을 정리하여 마음의 평화를 되찾아야 한다.

057

∶

내가 글을 쓰는 이유

나는 매일같이 글을 쓰고 있다. 그 이유는 그동안 많은 책을 읽으며, 인상 깊었던 내용을 정리하여 내 생활의 지표로 삼고 싶었기 때문이다. 책을 읽으며 많은 것을 배웠다. 내 삶의 방향에 대해 학교에서 배워왔던 것들도 있지만 책을 통해서 정말 다양한 방법을 배우게되었고, 그것들을 그냥 읽고 지나치기에는 아깝다는 생각이 들었다. 좋은 이야기를 읽고, 신념과 확신에 차서 생활하려고 마음먹었던 일들이 생각난다. 하지만 그냥 읽고 나면 남는 것이 없었다.

그래서 생각한 것이 글로 써서 남기는 것이다. 글로 써서 남기다 보니 그것을 내 생활의 지침서로도 활용할 수도 있었고, 또 하나의 이야기를 만들어 갈 수 있어서 너무 재미있었다. 시간이 흘러갈수록 내 인생이라는 긴 시간에 의미를 부여하고 싶다고 생각했다. 매일같이 보내는 시간이지만 글로써 내 생각을 정리하고, 또한 그것을 나의 생활수칙으로 삼고 실천하면서 살다 보면 내 생활이 정리되는 것 같았다. 글을 한번 써 보라. 내 삶의 또 다른 즐거움을 만들어나갈 수 있다.

처음에는 다 그렇다. 쓰다 지쳐서 포기하거나, 손에 익숙하지 않아 어색할 수도 있다. 하지만 내 생각을 정리하는 데는 이만한 게 없다. 나는 앞으로도 글쓰기를 지속적으로 실행하고 싶다. 내 인생의 큰 의미를 찾기 위해서 말이다.

매일 글을 쓰겠다고 마음을 먹었지만 생각한 것처럼 쉽지만은 않은 것 같다. 왜냐하면 글을 잘 쓰는 사람은 너무 형식에 치우치지 않고, 너무 많은 생각을 하며 꾸미려고만 하기 때문이다. 물 흐르듯이 자연스럽게 나의 생각을 정리하고, 꾸준히, 무조건 쓰는 방법밖에 왕도가 없다고 한다.

올해 세운 나의 목표 중 하나가 한 권의 책을 만들어내는 것이다. 작년, 재작년에도 매번 같은 목표를 세웠지만 번번이 실패를 하고 말았다. 결국 똑같이 하다가 끝맺음을 잘하지 못한 것이다. 글쓰기 중 제일 중요한 원고 수정 부분이 지속적으로 이루어지지 않았다. 그리고 그냥 다 썼다고 생각하며 안주했던 것이 아무것도 제대로 만들지 못하게 되었던 것이다.

사람들에게는 누구나 똑같은 시간이 부여된다. 하지만 무엇을 하든지 간에 방법은 각자 다르다. 그래서 같이 시작하더라도 각자 다른 결과를 만들어낸다. 나 또한 생각을 할 때 무조건 나만의 방식을 따르기보다는 먼저 했던 사람들의 방법을 따라 나의 것을 새롭게 만들고 싶다. 거창하거나 원대한 것을 꿈꾸지 말아야겠다. 그러한 생각 때문에 오히려 나의 소중한 시간들을 그 틀에 맞추느라 허비하게 되고 만 것을 알게 되었다.

솔직하고 담백한 나의 이야기, 일상들을 만들어 가고 싶다. 그리고 정해진 나만의 룰을 지키고 싶다. 결국 사람들이 만들어 놓은 모든 창조물들은 그 사람들의 생각, 방식 등이 반영된 것이다. 그것을 이해하고, 오늘도 나의 글을 쓰려고 한다. 그리고 이것을 나에게 주는 스트레스가 아니라 즐거움의 한 부분으로 만들어 가고 싶다.

모든 일마다 목적이 있는 것은 사실이다. 하지만 목적에만 얽매어 진정 내가 하고자 하는 것을 이루지 못한다면, 그것은 온전히 원하는 결과를 만든 것이 아니라 틀에 구속되어 나의 뜻에 대한 결과를 이루어내지 못한 것이 될 것이다. 그 점을 명심하고 오늘도 나의 글을 묵묵히 쓰며 나아갈 것이다.

133

058

⋮

일상을 떠난
잠시 동안의 휴식

세상의 많은 바쁜 일들로 인해 나를 돌아볼 시간이 없다면 참으로 우울한 일이 아닐 수 없다. 인생이란 긴 시간이 아니다. 길다고 느낄 수도 있지만 시간이 흐른 지금, 본인의 나이 앞에서 '왜 이렇게 빨리 지나갔을까?'라고 누구나 한번쯤은 생각해 보았을 것이다.

우리가 살다가 죽는 것은 한번이라는 사실은 누구나 다 알고 있다. 하는 일을 잠시 접어두고 우리의 모습을 돌아볼 필요가 있다. 바쁜 일상을 떠나서 마음의 여유를 가져보는 것은 새로운 일을 하며 세상을 바라볼 때 또 다른 즐거움을 느끼고, 일하는 이유에 대한 목적의식을 갖게 될 수 있다. 우리는 일과 휴식에 대한 의식을 바로잡을 필요가 있다. 평생 일만 하며 가족들을 위해 돈만 벌며 사는 것이 맞는지, 아니면 우리의 마음을 새롭게 할 시간을 갖는 것이 맞는지 말이다. 그래도 우리 마음의 여유와 휴식을 통해 삶에 대한 바른 의식을 갖는 것이 중요하다고 생각한다.

우리나라는 빠르게 성장한 나라 중에 하나이다. 그러다 보니 나라의 발전을 위해 '빨리빨리'의 문화를 실천한 나라이다. 외국에서 한국을 바라볼 때 성장에 대한 것을 좋게 평가하는 것도 있지만, 이와는 반대로 삶의 질의 수준이 많이 떨어진다는 것을 알 수 있다. 사람이 살아가는 이유에 대해서 생각하며 그 안의 삶을 행복하게 만들어 가야 하는데, 정작 그러한 부분들이 부족하고 사람들이 점점 더 경쟁하면서 살기가 힘든 사회가 됨을 알 수 있다.

천천히 한번 우리의 삶을 돌아볼 필요가 있는 것 같다. 현재 내가 왜 살고 있는지, 어떤 목적을 가지고 살아가고 있는지 스스로에게 질문을 해 보아야 할 것이다. 일주일에 한번쯤은 가족들과 모여서 행복한 시간을 만들어 가는 것이 필요할 것이다. 서로의 힘들었던 점을 이야기하고 격려해 주며 인생을 살아가는 것이다. 바쁜 일상을 떠나 나를 돌아보면, 그 안에서 내가 미처 발견하지 못한 일들을 깨닫게 될 것이다. 좀 더 마음의 여유를 갖고 행복한 우리의 일상을 만들어 갔으면 한다.

059

⋮

세상의 주인은 나

직장생활을 하며 주변의 지인들과 현재 살아가는 이야기를 많이 한다. 어느 누구 하나 경기가 좋다느니, 먹고 살만하다느니 말하는 사람이 별로 없다. 다 자기 생각과 현실은 차이가 있다고 말하고 있다. 사람들의 살아가는 모습을 천천히 돌아보면, 이 세상에서 살아가는 이유를 한번쯤은 누구나 생각해 본다. 그 삶의 모습이 어찌 보면 대단해 보이기도 하고, 또 다른 면으로는 한심하게 보이기도 한다.

나는 우리 스스로가 세상의 주인이 되어 살아가야 한다고 생각한다. 지금의 모습이 한심하다거나 별 볼 일 없다고 해도 우리 스스로 큰 뜻을 품고 살아갔으면 한다. 결국에 많은 선택과 결정이 현재의 나를 만들기 때문이다. 하지만 세상 속의 많은 것들이 나를 가만두지 않는다. 나의 의식을 더럽히거나, 세상과 타협하게 만드는 것들이 너무 많이 존재한다. 우리는 그 안에서 너무 많은 의사결정을 해야 하기 때문에 힘든 일들이 너무 많다.

하지만 옛날이나 지금이나 똑같은 것은 지혜롭게 일을 풀어나가야 한다는 것이다. 어떤 일을 하든지 간에 사람들과의 관계를 지혜롭게 잘 풀어나가 현명하게 일을 대처해 나가야 한다. '지금 만약 가장 훌륭했던 위인들은 이 위기를 어떻게 헤쳐 나갔을까?' 생각을 하며, 앞을 넓게 내다보고, 앞으로의 삶을 멋지게 펼쳐나가 보자. 우리가 고민하는 일들로 힘들어하기보다는 한번쯤 넓은 관점과 생각으로 본인의 마음을 다시 새롭게 정돈해 나가길 바란다.

빨리 나가고, 모든 것을 능수능란하게 처리하는 것만이 다가 아니다. 지금 이 상황을 어떻게 지혜롭게 잘 처리하느냐가 관건인 것이다. 사람들은 기존의 관행대로 행동하려고 한다. 그러한 방법에 너무 익숙해져 있기 때문이다. 하지만 그렇게 살다 보면 정말 나의 뜻을 펼치기 쉽지 않다는 사실을 알게 된다. 내 삶의 주인은 바로 '나'이다. 세상 속에서 나라는 존재를 멋지게 만들어야 한다.

137

060
:
열정으로 나를 무장하기

내 인생에 가장 중요한 것 중 하나는 바로 내가 지금하고 있는 일을 사랑하고, 그것을 향해 최선의 노력을 다하는 것이다. 나의 경우에는 사실 공부든 운동이든 그냥 그렇게 해왔다. 제대로 뛰어나게 잘하는 것이 없다.

하지만 회사에서 일을 하며 느낀 점이 있다. 회사는 이윤을 목적으로 하는 집단이다 보니, 성과를 중요하게 생각한다는 것을 알게 되었다. 학창시절에는 공부를 잘해야 좋은 성적을 받고 좋은 대학 진학이라는 것이 결정되는 것처럼, 회사에서는 회사를 위한 높은 영업실적과 업무개선이 필요하다는 사실을 알게 되었다. 그냥 그럭저럭 해도 회사생활을 하며 돈은 벌수 있지만, 앞으로의 성장을 위해서는 본인의 실적이라는 것이 상당히 중요한 요소로 작용한다는 것을 알게 되었다. 회사는 열심히 일한 사람들에게는 많은 격려와 보상을 해 주고 있다. 운영 측면에서는 사기진작이나 동기부여 차원에서 하는 걸로 단순히 생각할 수도 있지만, 실제로 보상을 받는 당사자는 큰 힘을 얻게 되고 더 열심히 노력하는 모습을 볼 수 있다.

단순히 회사 내의 이런 점 때문만은 아니다. 우리는 인생을 살면서 한번쯤은 우리가 살아가는 이유에 대해 생각해볼 수 있다. 그때 본인들이 각자 꿈꿔왔던 일들을 실행하기 위한 5~10년의 중·장기 목표를 세우고, 그것에 매진하는 모습을 통해 우리의 삶의 의미를 발견할 수 있기 때문이다. 이러한 긴 시간 동안 열정이라는 강력한 무기를 갖고 있다면, 우리는 해내지 못할 일들이 없게 될 것이다.

결국 그러한 노력이 우리를 강하게 만들고, 우리를 가장 최고의 능력자로 만들게 될 것이다. 그러므로 우리는 지금 살아가는 시대의 상황에 휘둘리며 걱정만 하지 말고, 실행하며 살아보자. 우리가 가고자 하는 길이 있다면 그대로 밀고 나가자. 결국엔 그 끝에서 기쁨을 맛보게 될 것이다.

061

:

돈에 대한 소비습관

여러분이 만약 10억을 갖게 된다면 무엇을 할 것인가? 지금의 삶에 큰 변화가 올까? 그렇다. 우리는 한동안 이러한 생각에 행복감을 갖게 될 것이다. 하지만 실제로 갑작스럽게 많은 돈을 얻게 되면, 헛되게 쓰거나 오히려 잘못된 방법으로 돈을 사용하게 되어 불행한 결과로 나타나게 된 것을 주변에서 볼 수 있다.

얼마 전에 TV에 나오는 '실제상황'이라는 프로그램을 시청하였다. 일부 내용 중 삶에 대한 관점을 너무 돈에 두다보니, 그로 인해 보험사기, 재산싸움, 횡령, 금융 범죄 등에 휘말리는 경우가 나오는 것을 보게 되었다. 사람들이 삶에 대한 기준을 돈에 너무 초점을 두며 살다보니 그런 현상이 나타나는 것이다. 돈에 대한 명언 중 니체의 명언이 생각난다.

"정당한 소유는 인간을 자유롭게 하지만, 지나친 소유는 소유 자체가 주인이 되어 소유자를 노예로 만든다." - 니체 -

돈에 대해 너무 욕심을 부리지 말아야 한다.

또한 돈을 사용하는 기준에 대해 바로 알아야 한다. 노력해서 번 사람들은 많은 돈을 오히려 더 크게 만들고, 투자하는 습관이 몸에 배어 더 많은 수익을 얻게 될 것이다. 반면에 평생 동안 만져보지 못한 돈을 갑자기 얻게 되면, 돈에 대한 개념이 부족하거나 평소에 해왔던 노력이나 경험이 부족하여 쉽게 돈을 잃게 되고 말 것이다. 실제로 우리 주변에는 본인 스스로의 노력으로 10억 이상의 돈을 번 사람들을 볼 수 있다. 과거 경제가 빠르게 성장함에 따라 이득을 보게 되어 지금의 모습을 갖게 된 사람들도 있지만, 본인의 노력으로 현재의 모습을 일궈낸 사람들도 많다고 한다.

이런 것을 보았을 때, 우리가 돈에 대한 잘못된 인식을 갖고 있다면 스스로 개선하려는 자세를 가져야 한다. 아울러 현재의 트렌드를 올바르게 이해하고, 그에 따른 올바른 경제관념과 소비습관으로 미래의 부를 만들 수 있도록 노력해야 할 것이다.

062

:

나이를 먹는다는 것

해가 바뀔 때마다 나이를 한 살씩 먹게 된다. 그때마다 우리는 또 '한 살 먹었으니 올해는 꼭 새해에 목표한 것들을 이룰 것'이라고 말한다. 예를 들면 다이어트에 성공해서 몸짱이 될 것이다, 올해는 좋은 남자를 만나서 결혼하겠다 등 매년 새로운 계획을 세운다. 하지만 연말이 되어선 제대로 이룬 것이 없어서 후회를 하는 경우를 종종 보게 된다.

세상의 일들이 그렇다. 내가 뜻하고 원하는 것이 있으나, 우리의 삶의 통제 여하에 따라서 다른 결과가 나타나게 되는 경우가 많다. 결국에는 우리 스스로가 마음이 느슨해지고 포기하는 경우가 많다. 나는 그런 생각을 해본다. 나이를 먹는다는 것은 그만큼 성숙해지는 것이라 생각한다. 지금의 모습에서 갑자기 무엇인가를 무리하게 하기보다는 적정한 선에서 내가 할 수 있는 최선의 노력을 통해 나를 변화시켜 나가는 것이라 생각한다.

가끔 나이를 먹는다는 것에 대해 사람들은 '예전에는 내가 이랬었는데…' 하며 아쉬워한다. 하지만 돌아오지 않는 시간이다. 비록 나이는 먹었지만, 예전과는 다르게 지금은 인격적으로 많이 성숙해지고 노련미가 돋보이도록 삶이 변하지 않았는가? 과거에 너무 집착하지 말아야 한다. 지금은 내 인생을 좀 더 주체적으로 살아갈 준비가 되어있는 것이다.

지금이 가장 중요하다. 과거에 많이 실패했다면, 올해는 실현 가능한 일들을 정리하고 실현해 나가길 바란다.

063

⋮

직장 내의 처세술

직장 내에서 지켜야 할 것들이 상당히 많다. 각자 다른 생각을 하는 사람들이 모인 집단에서 우리가 지켜야 할 것들이 상당히 많다. 직장인들이 일을 힘들어하는 것도 있지만, 사람간의 관계도 상당히 중요시하는 이유가 바로 그것이다. 일은 사실 누구나 배우면서 익히면 된다. 하지만 싸가지가 없거나, 잘난 척을 하는 사람들은 직장 내에서 안 좋게 생각될 수밖에 없는 것이다. 그래서 요즘 더 이 처세술에 많이 신경을 쓰고 있다.

사람들 간에 지켜야할 것들이 너무 많다. 이런 문화는 서로를 배려하고 이해하기 위한 것이긴 하지만, 이걸 잘못 생각하여 아부를 하는 사람도 있다. 우리는 한번쯤 자신에 대해 지금 나의 모습이 어떤지 생각을 해 보아야 한다. 지금 상황에 적합한 행동인지 아니면 지나치지는 않았는지 말이다.

사람들은 직장 내에서의 평판을 상당히 중요시 여긴다. 사람들과의 관계 속에서 "그 사람 어때?"라는 말을 많이 한다. 그러한 이유는 서로가 협력하여 일을 하기 때문이다. 상대방과 좋은 관계를 맺고 싶은데, 그 사람으로 인해 조직의 분위기가 무거워지거나 일이 힘들어질 것을 생각하면 일에 대한 부담감은 상당히 크게 나타날 것이다. 이렇게 서로 상대적인 관점에서 바라보는데, 사람들은 이러한 것을 받아들이기 힘들어한다.

하지만 누구나 장단점은 있다. 어떤 사람의 단점이 있더라도, 좋은 쪽으로 생각해 보면 그 사람만의 장점도 있다. 완벽한 것은 없다. 출신배경, 학교 등 서로 다른 사람들이 만나서 일을 해야 하므로 서로가 다름을 인정해 주어야 한다. 중요한 것은 직장 내에서 나라는 사람을 보여줄 때, 그 사람들이 당신을 인정해줄 수 있을 만큼의 바른 예절을 갖고 있어야 할 것이다. 남들의 시선에서도 당신이 바른 사람, 재미있고 유쾌한 사람으로 비춰질 수 있도록 좋은 이미지를 유지해 나가길 바란다.

064

:

자신의 강점을 파악하라

사람은 누구나 자신만의 강점이 있다. 나 또한 나만의 강점이 있다. 그런데 자신의 강점을 알지 못하며 지내는 사람들이 많다. 일하면서 만난 사람들에게 일을 잘하게 된 방법을 물어보면, 대부분이 어쩌다 보니 잘하게 되었다고 한다. 실제로 그 일이 적성에 잘 맞아서 그런 것이 아니라 하다보니까 그렇게 된 것이라고 말한다.

하지만 실제로 그 일을 하다 보면 남들보다 뛰어난 장점을 본인들도 알게 된다. 예를 들어 대화 능력, 업무 추진 능력, 리더십 등이 있다. 본인만이 가진 강점을 잘 살려서 그것을 최고의 능력으로 키워야 한다. 하다 보면 되는 것이 아니라, 자신의 능력을 제대로 알고 키워야 나중에 새로운 방향으로 나의 능력을 발휘하게 된다. 좋은 것을 살려서 자신의 강점으로 활용하란 말이다.

피터 드러커의 《프로페셔널의 조건》에서는 앞으로 지식근로자들은 어떤 고용기관보다 점점 더 오래 살 것이고, 따라서 한 가지 이상의 여러 직업을 가질 준비를 해야 한다고 말한다. 대부분은 자신이 잘 모르고 살아가는 경우가 대부분인데, 오직 자신의 강점으로 성과를 올릴 수 있다고 한다. 그래서 그가 소개한 것 중에 하나가 '피드백 분석(The Feedback analysis)'이다. "어떤 중요한 의사결정이나 행동을 할 때마다 스스로가 예상하는 결과를 기록해 두고, 9개월 또는 12개월이 지난 뒤 자신이 기대했던 바와 실제결과를 비교해 보는 것이 피드백 분석이다."라고 정의한다. 이러한 피드백 분석을 통해 자신의 강점에 집중하고 강점을 개선하여, 성과가 오르지 않는 일은 하지 말아야 할 것이다.

누구나 모든 것을 잘할 수는 없다. 하지만 사람들이 자신의 장점을 파악하고, 그것에 맞춰 자신의 역량을 개발하는 것은 잘못된 것에 많은 시간을 소비하는 것보다 훨씬 더 나은 방법이 될 것이다.

147

065

어떤 사람으로
기억되고 싶은가?

나는 지금 세상을 살아가며, 내가 죽었을 때 사람들에게 어떤 모습으로 기억될까를 생각해 보았다. 사실 오늘도 소중한 시간들을 일을 하면서 보내고 있다. 과연 우리는 어떻게 살아야 할까? 그리고 어떻게 살아야 행복할까를 생각해 보면 정답이 없는 것 같다. 그냥 주어진 대로 최선을 다하는 방법밖에 없는 것 같다.

사람들끼리 모이는 집단에는 항상 구설이 많은 것 같다. 좋은 이야기든 나쁜 이야기든 말이다. 우리 스스로가 떳떳하게 살기 위해선 우리 자신에게 솔직해야 한다고 생각한다. 그래야 사람들이 느낄 때 그 사람에 대한 좋은 인식을 가질 것이라 생각한다.

우리가 살아가는 시간이 그렇게 길지 않다. 시간은 지속적으로 흐른다. 우리가 살아가는 모습 속을 들여다 볼 때, 우리의 삶 속에 반드시 지켜야 할 것들이 있다. 개인적인 생각으로 삶의 방식, 태도, 긍정적 관점 등에 좀 더 관심을 가졌으면 한다.

본인은 현재 삶에 만족할지 모르지만 남들은 또 다르게 나를 바라볼 수도 있다. 지금까지는 지나간 시간이다. 늦은 것이 아니라 몰랐기 때문에 지나간 것에 연연하지 않기를 바란다. 인생에 최선을 다하며 긍정적인 모습을 유지할 때, 타인으로부터 죽어서도 좋은 인상을 줄 수 있지 않을까 생각한다. 오늘부터 하루를 정말 의미 있는 시간으로 만들어 가길 바란다. 죽기 전에는 지금의 모든 순간들이 소중한 기억으로 남게 될 것이다. 그런 것만큼 삶을 아름답고 풍요롭게 만들어 가길 바란다.

066

:

사회의 불안요소에 대해

현재를 살아가는 시대의 흐름을 보면, 우리를 힘들게 하는 여러 가지 요소들이 주변에 많이 존재하고 있다. 지속적인 물가상승과 실업률의 증가, 부익부 빈익빈 현상, 높은 자살률, 비정규직 등 이 우리 세상에 존재하고 있다. 매일같이 이런 기사를 접하게 되면, 앞으로의 삶에 대해 부정적인 생각이 우리를 엄습해 온다. 하지만 지금 생각해 보면 이럴 때일수록 생각의 전환이 필요할 것이다. 이런 시대를 살아가는 우리에게 어떤 방법이 좋을지는 다시 한 번 생각해볼 문제이다.

지금과 같은 사회의 불안요소들을 피하기 위해서 우리 스스로가 할 수 있는 노력들을 해야 한다. 정치적인 요소들이 작용하여 제도적으로 불가피한 경우도 있지만, 사회에 대한 불안요소를 앉아서 지켜만 볼 수는 없는 것이다. 우리 스스로 이런 문제에 대해 개선할 수 있는 방향에 대해 생각을 해본다면, 작은 노력이 큰 결과를 낳아서 지금의 문제를 조금이나마 해결해줄 수 있지 않을까 생각해본다. 고령화가 더 길어질 전망이다. 이런 시대에 사회적인 문제를 좀 더 관심 있게 바라보고, 어려운 문제를 서로 합심해서 풀어가야 한다.

067

:

건전한 소비습관

소비생활에 대해 생각나는 것이 있다. 현재의 물가 인상에 관한 것이다. 사람들이 열심히 돈을 벌고 있지만, 물가는 꾸준히 인상되고 있다. 앞으로의 미래는 어떻게 될까? 많은 우려가 있다.

나는 우리의 소비습관에 대해 말하고 싶다. 지금 시대는 정말 풍요로운 시대이다. 현재 굶거나, 어려운 상황에 처한 사람들은 극히 드물다. 하지만 지금까지의 상황에 다다를 수 있었던 것은 과거 사람들의 노력하는 삶이 있었기 때문일 것이다.

그러므로 지금 이렇게 살고 있는 것을 당연하게 여기면 안 될 것이다. 오히려 이것으로 인해 나중의 우리 삶이 힘들어질 수도 있다는 것을 기억해야 한다. 지금의 삶에 감사하고, 우리가 갖고 있는 것들을 소중히 아끼고, 저축을 해야 한다. 지금 잘살 수 있는 것은 그동안의 노력의 결과이다.

얼마 전 TV를 통해 요즘 빠른 물가상승과 임금 정체의 현실에서 살아가는 사람들의 모습을 보게 되었다. 매일 뉴스기사에서 나오는 내용을 보면, 미래의 경제 불안에 대해 이야기하고 있다. 앞으로 우리는 열심히 살아가야 한다. 또한 근검절약을 해야 한다. 사회에 만연해 있는 소비습관에 우리가 빠져 사는 것이 아니라, 우리가 주도하여 올바른 소비습관을 가져야 한다.

과거에는 돈이 없어도 자급자족하는 생활을 하며 살아왔다. 어떤 책에서 일 년 동안 소비를 하지 않고 삶을 버텨나가는 내용을 본 적이 있다. 삶의 방식을 바꾸어가며 스스로 자급자족해 나가는 것이다. 그러한 내용을 보면서 우리 삶에 대한 많은 것을 생각하게 되었다.

물질적인 것에 너무 연연하여 살지 말고, 진정으로 우리가 살아가는 시대를 행복해 하며, 미래를 아름답게 꿈꿔 나가는 사람들이 되기를 간절히 바란다.

153

068

:

10년의 법칙을
실현하는 것

누구에게나 시간은 똑같이 부여된다. 하지만 어떤 사람들은 그 시간을 본인에게 맞는 것으로 잘 활용하지만, 또 다른 이들은 그냥 시간을 흘러가는 대로 두어 별다른 진전 없이 살아가곤 한다. 그런데 유명한 사람들, 자기 꿈을 실현한 사람들을 보면 하나같이 10년 이상 노력한 결과 자기 분야에 대해 전문적인 사람들이 되었다고 한다. 간절히 바라면 이루어진다는 피그말리온의 법칙처럼 보통 사람들도 하고자 하면 못할 게 없다는 뜻이기도 하다.

성공이라는 것의 기준은 사람들마다 조금씩 다를 수 있다. 성공을 해서 돈을 많이 버는 것, 자신의 이름 석 자를 남기는 것, 자신의 꿈을 이루는 것 등 기준이 다르다. 나 또한 지금 내가 하고 있는 일에 대해 전문적인 사람이 되고 싶다는 생각이 든다. 일을 잘하고, 그 분야에 대해 인정받는 사람이 되고 싶다.

사람의 마음은 누구나 비슷하다. 실제로 언론매체를 통해, 성공한 사람들의 이야기를 들어보면 그 사람들에게 공통적인 부분이 있다는 사실을 발견할 수 있다. 그들의 내면을 들여다보면 좋아하는 일을 하고, 즐기고 있다는 것이다. 또한 그 일을 위해 지속적으로 10년 이상 노력한 결과 현재 본인의 자리를 얻게 되었다는 것이다.

물론, 지금 하고 있는 일이 나에게 맞지 않는다고 생각할 수도 있다. 그렇다면 먼저 나에게 맞는 일이 무엇인지 찾아보고, 그것을 향해 본인의 꿈을 설계해 나가는 것도 좋은 방법이란 생각이 든다. 현실을 돌아보면 그것은 꿈이라고 쉽게 생각할 수도 있다. 하지만 자기가 하고 있는 일에 대해 힘들다고 주저하지 말고, 이 시간을 통해 내가 전문가, 성공한 사람의 대열에 합류할 수 있다는 생각을 해 보는 것이다.

일을 바라보는 관점에 따라 같은 일을 해도 매일 힘들고 지옥처럼 느껴질 수 있다. 그렇다면 그 삶은 지옥이라 느낄 것이다. 반대로 다른 관점으로 이 일을 통해 내가 성공 대열에 점점 가까워지고 있고 내 일에 보람을 느낀다고 생각한다면, 그 사람의 앞날은 큰 빛을 발하게 될 것이다. 수많은 실패와 고난 속에서 성공한 현재의 모습을 살아가는 사람들이 많다. 그 사람들은 자신의 모습에 대해 주저하거나 망설이지 않고, 큰 비전을 가지고 꾸준히 10년의 법칙을 실행해나간 사람들이다.

지금의 힘든 상황이나 지속되는 실패를 나에게 주는 교훈이라고 생각해 보라. 그 안에서 새로운 나만의 방식을 리뉴얼하여, 성공한 나의 모습을 만들어 나가게 될 것이다.

155

069
:
단순하게 살아라

현대를 살고 있는 우리는 매순간 많은 것들을 하며 살아간다. 과거보다 많은 발전이 이루어졌기 때문에 편리한 삶을 살아가고 있긴 하지만, 해야 될 것이나 배워야 할 것들이 너무 많아졌다. 그래서 지금 해야 할 일들에 대해 우리는 많은 스트레스를 받곤 한다.

그것을 해소하는 방법은 정리를 잘하는 것이다. 지금 해야 할 일들을 먼저 목록별로 적고 다시 세분화하는 것이다. 예를 들면, 서류를 정리하기로 한다면 목록별로 대분류를 하고, 다시 목록별로 카테고리 안에서 세부분류를 해서 서로 연관성 있는 파일들을 정리하는 것이다. 한번 정리를 해 놓으면, 그다음부터는 처음부터 많은 문서를 뒤적거리느라 시간을 허비하는 일이 줄어들 것이다.

쉬운 예로 문서 정리를 들었지만, 모든 정리는 이런 식으로 하는 것이 많은 도움이 된다. 한번 실행해 보라. 정리하는 습관을 들인다면 시간적으로 많은 효과를 볼 수 있다. 단순하게 살라는 의미 또한 이와 같다고 볼 수 있다.

서류더미가 가득한 책상을 보면 건드리기 싫을 때가 있다. 정리가 안 된 상태를 볼 때 사람들의 마음은 다 똑같다. 마음적으로 여유를 갖고 일을 하고 싶은데 정리되지 않은 책상을 바라보면 어떤가? 그냥 답답하다는 것이 느껴질 것이다.

단순하게 산다는 것은 복잡한 상황을 만들지 말고, 단순하게 실행하기 위한 것들을 나열하고 정리하는 작업의 과정이라고 보는 것이 좋을 것이다. 우리의 인생에서 완벽한 것은 애초부터 존재하지 않는다. 그러므로 일상적인 것을 단순화해서 나에게 맞도록 정립하는 것은 필요한 작업이라는 것이다.

시간이 지나면서 변화하는 제도나 생활 방식이 다양해지는 것은 어쩔 수 없는 일이다. 그렇다면 이에 적응하기 위해 우리는 무엇을 해야 할까? 큰 틀을 놓고 볼 때 삶의 방식을 조금씩 단순화 시켜보는 것이다. 큰 영역을 만들고 세분화시켜보는 것이다. 재정관리, 시간관리, 건강관리, 인간관계, 가족관계, 인맥관리 등의 삶의 요소들을 가지고 그에 맞도록 세분화하라. 그리고 그에 맞는 생활 방식과 규칙들을 나열하여 기준을 만들어 보는 것이다.

현재의 시간만을 생각하며 살아가는 것보다 이러한 것들을 정립해서 살아간다면, 삶의 형태를 유지하고 관리하기에 편리해질 것이다. 단순히 시간이 흘러가는 대로 사는 주먹구구식의 삶이 아니라, 삶을 단순화하여 정리를 해 보자.

070

:

능력의 차이

사람은 개인마다 다른 특성을 가지고 있다. 그렇다 보니 하는 일, 취미, 특기사항 등이 조금씩 다르다는 것을 알 수 있다. 하지만 우리가 하는 일들에 있어서 기본적으로 사람마다 능력의 차이를 보이는 것은 실제로 그 사람의 능력이 떨어져서가 아니다. 원인은 그 사람의 일에 대한 태도이다.

태도에 따라 그 일에 미치는 영향에 대해 살펴볼 수 있다. 아무리 공부는 잘해도 운동을 잘 못한다면, 그것은 그 사람의 노력 여하에 따라 달라지는 것이지 그 사람의 진짜 실력은 아닐 것이다. 우리가 하는 일에 대한 부분도 사실 다르지 않다. 얼마나 관심을 쏟고, 그에 따라 실천하고 노력하느냐에 달려 있다.

1등과 10등을 비교하면 성적 차이가 많이 날 것 같지만, 실제로는 얼마 차이가 나지 않는다. 그 이유는 그 사람과의 실력이 많이 차이나는 것이 아니라, 그 무리 안에서도 얼마나 디테일하게 노력했느냐의 차이인 것이다.

우리가 하는 일도 마찬가지다. 회사에서 많은 실적을 내는 사람들을 보면, 사실 그들도 우리와 같은 시간에 일을 하고, 똑같은 보고서를 작성하고 보고한다. 하지만 그들의 일상을 면밀히 들여다보면, 똑같은 24시간이지만 그 사람의 일하는 방식, 습관, 태도 등이 조금씩 다르다는 것을 알 수 있다. 이에 따라 성과 차이를 나타내는 경우를 종종 볼 수 있다. 같은 일을 하더라도 그들은 노력에 비례하게 효율적인 규칙과 방법을 잘 이행했는지, 시장 상황에 얼마나 잘 부합하는지를 면밀히 검토해, 분명 작은 차이를 극복해 냈다는 것을 알 수 있다.

강준우 작가의 《2%의 차이가 성공을 만든다》란 책을 보면, 2%의 차이가 성공의 결정짓는 이유를 다음과 같이 말해 주고 있다.

"인간은 어느 누구든 장점과 단점이 있다. 그런데 사람들은 대체로 자신의 장점을 살리기보다는 단점을 고민하고 교정하는데 많은 시간과 노력을 투자한다. 누구나 학창시절에 점수가 모자라거나 뒤쳐진 과목의 점수를 높이려 많은 시간을 투자해 보지 않았던가? 성공하는 리더와 보통 사람이 다른 점이 바로 여기에 있다. 성공한 사람은 단점을 보완하기보다는 장점을 극대화한다. 원래는 남들보다 조금 잘할 뿐인 장점을 엄청난 열정과 집중력으로 살려 성공이란 차이를 만들어낸다는 것이다. 성공하는 사람과 실패하는 사람은 단지 2% 정도의 차이가 있을 뿐이다. 물론 성공에는 운도 따라야 한다. 그렇다면 행운을 잡는 사람과 그렇지 못하는 사람은 어떻게 다른가? 역시 2%의 차이가 기회를 잡는 자와 놓치는 자를 가른다. 성공하는 리더십은 이 2% 차이를 극대화하는 것이다. 성공한 사람들의 비밀은 장점을 집중 개발했다는 데 있다. 성공은 단점을 개선하는 사람보다 장점을 더 발전시킨 사람들이 차지해왔다. 그렇다면 당신에게 넘치는 그 2%는 과연 무엇인지 잘 헤아려 개발하고 발전시켜야 할 것이다."

여기서 우리는 성공을 결정짓는 장점을 개발해야 한다는 것에 비중을 높게 두어야 한다. 물론, 무조건 단점을 배제하라는 말은 아니다. 단점을 살려서 장점으로 효과를 더욱 극대화시키는 것도 중요한 일이기 때문이다. 작은 차이를 극복하고 개발해야 한다. 이것이 나중에는 성공의 결정에 가장 큰 요소로 작용할 것이다.

071
⋮
작은 일부터 차근차근

세상에는 인간들이 만들어 놓은 거대하고 위대한 일들이 존재한다. 실제로 그 일들이 처음부터 위대한 것은 아니다. 작은 것이 모여서 큰 것을 이루듯이 그렇게 변해가는 것이다. 왜 갑자기 이런 말을 하냐면, 가끔씩 내가 너무 허황된 것을 생각할 때가 있어서이다.

누구나 한번쯤은 부자나 유명한 사람이 되길 원한다. 큰 꿈을, 비전을 갖고 사는 것은 좋다. 하지만 그 일이 당장이라도 이뤄지길 바라며 허황된 꿈을 생각하는 것은 잘못된 일이라 생각한다. 현재를 살아가는 지금, 우리의 역할이 중요하다.

매일 우리는 많은 것들을 꿈꾸며 살아간다. 하지만 생각한 것들이 쉽게 이루어지지는 않는다. 그래서 세상은 공평하다는 생각이 든다. 노력한 만큼 그 결과가 따라오기 때문이다.

우리가 어떤 일을 하기로 마음먹었다면, 그 안에서 최고의 결과를 만들려고 노력할 것이다. 그런데 일을 하다 보면 내 뜻대로 되지 않는 경우가 많다. 의욕만 앞서기 때문이다. 하고자 하는 것은 높고 크게 생각하고 있으나, 세부적인 실행 방식에 따라 많은 차이를 나타내기 때문이다.

나 또한 그러하기에, 새로운 프로젝트를 맡게 되었을 때는 생각의 정리가 필요하다고 생각한다. 체계적이고, 세분화하고, 명료하게 표현할 수 있는 일의 흐름을 만들어야 한다는 것이다. 물론, 누구나 일하는 스타일이 다르기 때문에 개인차는 분명히 나타난다. 하지만 그것보다도 더 중요한 것은 작은 과정부터 하나씩 해결해가는 습관이다. 그것이 중요한 것 같다.

작은 것부터 하나씩 이뤄나가는 습관을 들이자. 항상 큰 것만 생각하지 말고 작은 것을 성취하는 습관을 들이면, 앞으로의 큰 것을 이루어가기에도 부담이 덜할 것이다. 흔히 인생을 장거리 마라톤에 비유한다. 차근차근 앞으로 나아가다 보면, 인생에서 작은 행복과 소소한 즐거움을 만들어나갈 수 있다. 자주 하는 말이지만, 항상 배운다는 마음 자세로 하나씩 해결해 나가길 바란다.

072

:

창조적인 아이디어

우리의 창조적인 아이디어는 무한한 상상력에서 나온다. 나 또한 회사에서 이벤트나 마케팅을 위한 회의를 할 때가 종종 있다. 나는 가끔씩 내 생각의 관점에서 많은 것을 알고 있다고 생각하지만, 회의를 하다 보면 실제로 기발한 생각을 갖고 있는 사람들이 많다. 그럴 때마다 내 생각의 틀에서 벗어나 다양한 사고가 필요하다는 것을 느끼게 된다.

이는 일부에 국한된 것이 아니다. 누구나 쉽게 아이디어를 얻어서 좋은 기획을 만들 수 있다. 그 이유는 표현하는 방법을 몰라서 그런 것이지, 아이디어란 누구나 생활 속에서 쉽게 생각할 수 있는 일들이기 때문이다.

창조적인 아이디어도 사실은 우리 주변에 늘 존재하고 있다. 매우 거창한 것이 아니라, 생활 속에서 불편한 것들을 어떻게 하면 편리하게 할 것인가? 이렇게 판매를 하면 많이 이용할 수 있지 않을까? 등 다양한 생각을 해 보는 것이다. 가장 기본이 되는 것이 생각을 통해 일상 속의 일들을 정리해 보고, 그 안에서 필요한 아이디어를 얻는 것이다. 또한 아이디어를 정리, 발전시켜 기획서로 마무리 해 보는 것이다.

실제로 우리는 알게 모르게 우연히 떠오르는 영감에 의해서 새로운 것을 발견하곤 한다. 그때마다 나는 꼭 메모를 한다. 메모를 해두면 나중에 필요한 정보를 캐낼 때 많은 도움이 되는 것을 발견했다. 우리가 살면서 지나치는 정보들이 어떨 땐 필연적으로 좋은 정보가 되어 활용하게 된다. 생각중인 우연한 정보를 절대 무시하지 말아야 한다.

아이디어 정리 습관을 활용해 보자. 생활 속에서 우리가 알고 있는 정보들을 메모하고, 그 안에서 생각하는 습관을 가져보는 것이다. 항상 의문을 가져보고, 왜 이것이 이렇게 되는지에 대해 이유와 방법을 기록해 보고, 이것을 편리하게 할 수 있거나 도움이 될 수 있는 방법은 없는지 찾아보게 된다면 그 안에서 생각하는 힘을 기를 수 있게 될 것이다. 또한 이를 통해 생각을 확장시켜 나간다면 좋은 아이디어를 발견하게 될 것이다.

073
⋮
휴식을 즐기는
나만의 방법

일에 치여 바쁜 시간을 보내다 보면 가끔 나를 잊을 때가 있다. 내가 지금 무엇을 하고 있는지 하루 동안 나를 위해 생각하는 시간을 잊고 살아가는 경우가 많다. 하지만 나에게 있어서 가장 중요한 것에 초점을 맞춘다면, 일보다 가정이 우선되어야 한다고 생각한다. 그이유는 매일 보내는 일상의 대부분을 회사를 위해 시간을 보내기 때문이다.

지금 나는 무엇을 위해 사는가? 인생에서 가장 중요한 것을 우선순위로 뽑는다면, 가족의 행복한 시간을 우선하여 중요하게 생각하고 싶다. 물론, 일도 중요하지만 내 삶의 성장과 결과만을 보기위해 매진하다 보면, 대부분의 사람들이 소중한 것을 많이 잃게 되었다고 말한다. 그만큼 우선순위를 바꾸더라도 일에 지장을 주지 않는 범위 내에서 생활한다면, 좀 더 이상적인 휴식시간이 되지 않을까 생각한다. '번아웃 신드롬(burnout syndrome)'이라는 말이 있다. 한 가지에만 몰두한 사람이 신체적, 정신적인 피로를 느끼며 무기력증과 자기혐

오, 직무거부 등에 빠지는 현상을 말하는데, 현대 사회의 직장인들이 이런 증상을 보인다고 한다.

우리에게 지금 필요한 것은 무엇일까? 휴식을 취하며 가끔은 가족들과 하지 못했던 일들, 식사, 즐거운 대화, 만남, 여행 등을 즐기는 것이다. 이러한 것들은 정말로 삶에 많은 활력을 주는 것 같다. 또한 현재의 나를 돌아볼 수 있는 나만의 시간을 만드는 것이다. 이것은 내가 미래를 위해 나아가고, 삶의 방향을 바로잡는 것에 많은 도움을 줄 수도 있다. 기억하자. 인생에서의 시간은 영원하지 않다는 것을 말이다.

166

074

⋮

세상의 많은
사건 현장 속으로

세상에는 정말 우리가 상상할 수 없는 일들이 매일같이 일어나고 있다. 동시대의 지구에 살면서도 뉴스를 보면 생각지 못한 일들이 많이 일어나고 있음을 알 수 있다. 한쪽에서는 전쟁이 일어나는 상황인데, 또 다른 한쪽에서는 행복한 시간을 보내고 있는 상황이다. 이처럼 우리가 살아가는 환경이 많이 다르다는 생각을 하게 만든다. 왜 세상 속에서 이런 일들이 벌어지고 있을까? 나라마다 중요시하고 생각하는 관점, 상황 등이 다르기 때문이 아닐까 생각한다.

우리가 살아가는 이 시대의 상황이나 환경 등이 변해야 할 것이다. 매일 같이 보도되는 뉴스를 통해 세상을 들여다보면 대부분 비판적이고, 세상의 이야기들이 너무 안 좋은 상황에 대한 것들로 가득하다. 좀 더 친숙하고 따뜻한 이야기들이 많이 보도되면, 우리 사회문화 역시 사람들이 나누고 배려하는 방향으로 변화하지 않을까 생각해본다.

요즘 사람들의 이야기를 보면, 먹고 살기 힘든 상황에 대한 이야기들로 가득하다. 경제적으로 사회가 힘들다보니 보이스피싱, 전자금융, 성 범죄 등의 생활 범죄도 많이 나타나는 것 같다. 세상의 일들로 하여금, 우리들이 좀 더 앞으로 잘 나아갈 수 있도록 힘을 보태주는 그런 이야기들이 많이 있었으면 한다.

심각한 사회문제를 통해 살아가기 힘든 삶과 세상을 바라보는 관점을 사실적으로 볼 수 있다. 앞으로의 행복한 삶을 위해서는 우리 생각의 변화가 필요하다. 지금 살아가는 일들이 정말 무엇을 위한 것인지 말이다. 일과 성과중심의 삶에서 행복한 삶의 이야기들로 우리 삶의 문화가 변했으면 한다.

이를 위해서는 먼저, 사회제도의 구조조정이 필요할 것이다. 사회의 제도부터 인간의 삶이 행복해야 한다는 것에 초점을 맞추고, 왜 우리가 살아가야 하는지에 대한 근본적인 이유가 우선시 되었으면 한다. 그것이 개선되어야만 삶에 대한 방향이 바뀌지 않을까 생각한다.

075
:
슬로우 시티

이탈리아에서 시작된 느리게 살기 운동인 '슬로우 시티'가 생각난다. 급속한 도시 성장과 개발로 인해 경쟁과 빠른 것을 추구하던 우리의 삶에서 여유를 찾고 아날로그와 디지털 간의 조화로운 삶을 지켜내자는 운동으로, 이탈리아의 작은 마을인 그레베 인 키안티 (Greve in Chianti)에서 시작되었다고 한다. 이 운동을 하는 이유는 사람이 사람답게 살아야 하며, 빠름이 주는 편리함을 얻기 위해 인간이 누릴 수 있는 값비싼 느림의 즐거움과 행복을 희생시키고 말게 된 현실을 되돌아보기 위해서이다. 현재 우리나라에는 10여개 정도의 도시가 슬로우 시티로 지정되어 있다.

이처럼 우리는 행복에 대해 많은 관심을 갖고 살아간다. 나 또한 다르지 않다. 지금 살아가는 이유도 행복하게 살기 위해서이다. 하지만 우리의 삶을 한번 돌아보라. 어떤가? 너무 조급하고 빠르게 모든 것이 진행되고 있지 않은가?

이런 생각을 해 본다. 여유 없이 사는 삶이 과연 잘살았다고 할 수 있을까? 나이가 들어서 젊은 시절을 상기해 보았을 때 '나의 인생은 그래도 잘 살았구나'라는 생각을 할 수 있다면 좀 더 의미 있는 일이 아닐까 생각한다.

하루가 다르게 세상은 빠르게 변화하고 있다. 그럴 때마다 슬로우 시티의 삶처럼 우리에게 소중한 것이 무엇인지를 기억해 보았으면 한다. 지금 당장의 성과, 돈, 지위를 갖고자 사람들이 많은 노력을 하고 있다. 하지만 우리가 정말 소중한 것을 잃고 살지는 않는지 나를 한번 돌아보는 것은 참으로 의미 있는 일이라 생각한다. 만약 내가 열심히 살아서 내가 하고자 하는 것을 모두 이루었다. 그런데 후에 내 주변에 아무도 없다고 생각해 보자.

우리가 하루를 열심히 살아가는 것은 당연하다. 하지만 삶의 목표를 돈이나 명예보다 행복이라는 것으로 최종의 목표로 수정해본다면, 삶의 여유를 통해 나를 한번 돌아보고 그 안에서 누릴 수 있는 많은 즐거움을 얻을 수 있을 것이다. 행복하기로 결심해 보라. 우리의 결심에 따라 우리 인생의 많은 변화가 찾아올 것이다.

076

:

습관이 사람을 만든다

우리는 대부분 인생에 대한 목표를 갖고 살아간다. 그런데 이 목표에 대해서 실천하는 사람들이 얼마나 될까? 사실 이것을 매일 똑같이 실천한다는 것이 쉬운 일은 아니다. 하지만 앞으로 펼쳐질 우리의 인생이, 과거 10년 전과 지금의 상황이 똑같다면 우리는 그냥 시간이 흘러가는 대로 우리를 놓아두는 꼴이 되고 만다.

성공한 사람들의 대부분은 자기가 지키고자 하는 원칙과 방법을 고수하며 살아가고 있다. 또한 그로 인해 성공하고, 당당한 모습으로 지금을 살아가고 있다. 무엇의 차이일까? 성공한 사람들이 단지 똑똑하고 잘해서일까? 그렇지 않다. 시간과 환경이 주어진 것은 동일하다. 차이는 자신이 세운 목표를 그대로 실천하는 습관을 가졌느냐, 아니냐인 것이다.

브라이언 트레이시의 저서 《백만불짜리 습관》에 나오는 명언이다.

"생각은 목적을 향해간다. 목적은 행동 속에서 전진한다. 행

동은 습관으로부터 나온다. 습관은 인격을 결정한다. 그러므
로 우리의 목적은 인격이 결정한다."

- Tryon Edwards -

좋은 습관을 가진 사람들을 보고 배워서 따라해 보는 것은 효과
적인 방법이다. 시작은 미약하지만, 5~10년이 지났을 때는 인격이 변
화된 사람이 될 것이다. 먼저, 실패에 대한 두려움을 버려라. 아직 일
어나지도 않은 일들에 대해 두려움을 갖기보다는 앞으로 더 잘할
수 있고, 잘될 것이라는 기대에 초점을 맞추고 실행해 나아가길 바
란다.

172

077
:
마음을 다스리는 방법

우리가 마음속에 담고 있는 것은 어떤 것들일까? 사람들마다 다른 각자의 생각이 있을 것이다. 가끔은 우리 자신도 모르게 시간이 가는 대로 살아갈 것이다. 무언가에 몰두해 있으면 다른 것을 생각하지 못하는 것처럼 말이다. 우리는 마음속에 많은 생각을 갖고 살아간다. 하지만 가끔은 우리 안에 있는 것을 내려놓고, 이것에서 벗어나 새로운 것을 얻게 되는 즐거움을 맛보기 바란다.

나는 얼마 전, 업무로 인한 과도한 스트레스를 느껴본 적이 있다. 일에 대한 특성과 방법을 이해하고 진행해야 하는데, 오로지 일에 대한 힘든 상황과 마음만을 가지고 지내왔기 때문이다. 결국, 스트레스 때문에 일에 대한 심한 거부감이 생겼고, 마음의 무거운 짐을 담고 다니는 사람이 되어 있었다. 이 문제는 남들이 전혀 풀어줄 수 없는 것이었다. 내 스스로 마음을 다스리는 방법밖에 없었다.

그래서 선택한 것이 마음을 비우는 것이었다. 일단 내 생각을 힘들게 하는 것부터 하나씩 기록해 보았다. 그리고 하나씩 불필요한 것을 지우기 시작했고, 내 생각을 힘들게 했던 잡념을 내 머릿속에서도 지우기 시작했다. 마음속에서 생각을 정리하기 시작하니까 마음이 가벼워지기 시작했다.

더 놀라운 것은 생각지도 않게 일이 잘 풀려나가는 것이었다. 결국 스트레스는 내 생각의 허상과 착각이 만들어낸 결과란 사실을 깨달았다. 아울러 세상의 모든 걱정과 근심을 버리고, 지금 내가 해야 할 일에 집중하는 것이 중요하다는 것을 알게 되었다. 마음속의 잡념을 버려라. 마음의 평화와 행복감을 얻게 될 것이다.

"회의에 빠지는 것은 나쁘지 않다. 그러나 회의에 빠지되 아무런 결론에 이르지 못하는 것은 잘못된 것이다."

- 루쉰 -

078

:

직장 내의 좋은 관계를
유지하려면

직장 내에서 우리는 공동체 생활을 하고 있다. 그러므로 한팀 내에서 서로 협력하여 좋은 결과를 이루는 것은 당연하다고 할 수 있다. 하지만 직장인들 각자의 개성이 다르기 때문에 그 사람들과의 관계를 잘 만들어 가는 것이 그리 쉽지만은 않은 것 같다. 왜냐하면 실제 회사 내에서의 분위기가 자유롭고, 일하기 좋은 조건을 모든 회사가 갖고 있지는 않기 때문이다.

그렇다면 어떻게 하겠는가? 앞으로 이러한 회사에서 일하며 살아가기 위해서는 방법이 필요하다. 그것은 혼자 하지 않고 같이 일하는 것이다. 지금의 힘든 상황을 같이 고민하며 해결해줄 동료가 옆에 있다면, 무엇이 걱정이겠는가?

우리가 먼저 한팀의 일원으로서 좋은 관계를 만들어야 한다. 자신과 상대방에게 모두 너그러운 태도를 보이고 마음의 문을 여는 것이다. 상대방에게 먼저 다가가서 마음을 열어준다면 그 사람도 나를 받아들일 것이다. 나의 개인적인 허점을 상대방에게 보여줘라. 완벽한 사람은 이 세상에 없다. 마음을 연다면 그로 인해 인간적이고 유쾌한 사람이라는 사람으로 비춰질 것이다.

또한 사람들 간에 서로 이해할 수 있는 현재 상황을 진실하게 보여줘라. 그것이 오히려 상대방과의 믿음을 돈독하게 해줄 것이다. 마지막으로 서로를 위해 책임감을 갖고, 일을 회피하지 않는 것이다. 조직 내에서는 이러한 책임감 있는 모습을 통해 상대방이 당신을 인정하게 될 것이다.

지금 당신 곁에 서서 마음을 열어주는 사람은 누구인가? 마음을 열고, 좋은 팀워크를 만들어 가며 함께 일하는 조직 문화를 만들어 가길 바란다.

079
:
위기를 성공으로
만드는 방법

누구나 살면서 위기를 겪게 된다. 그 위기의 순간을 극복하면 또한 번 강해지는 계기가 되기도 한다. 나에게도 일을 하며 위기의 순간들이 여러 번 찾아온 것 같다. 빚에 쪼들리거나, 승진에 대한 스트레스를 겪었다. 사실 누구나 한번쯤은 내가 겪었던 것 이상으로 힘들어 했을 것이다.

순간의 선택이 중요하다. 위기가 닥쳤을 때 이를 비관하며 그 자리에 머물 것인지, 아니면 위기를 기회로 만들지 말이다. 문득 강우현 대표의 남이섬 이야기가 생각난다. 위기에 처한 남이섬을 기회의 땅으로 바꾼 일화가 있다. 누구나 환경을 쉽게 변화시키기는 힘들 것이다. 하지만 위기를 기회로 만들어 가기 위해 맞서 싸우고, 변화를 중시했던 강우현 대표의 생각이 적중했던 것이다.

우리는 이런 상황을 보며, 스스로 생각을 변화시킬 필요가 있다고 생각한다. 가만히 앉아 있다고 해서 절대로 그냥 도와주는 사람은 없다. 오히려 무엇인가를 해 보려고 노력하고, 성공시키겠다는 굳은 마음가짐이 필요하다. 나 또한 나약한 생각을 할 때마다 다시 한 번 나를 점검해 보아야겠다는 생각을 했다. 그 결과 지금도 지속적으로 일을 할 수 있는 것 같다.

생각을 했다면 실천해라. 무슨 일이든지 당신을 도와주는 결과를 얻게 될 것이다. '지금은 안 돼. 시간이 없어. 자신이 없어' 등 부정적인 생각으로 우리의 한계를 제한하지 말아야 한다. 누구나 당신의 생각처럼 막연한 두려움을 갖고 있다. 결국은 실행하고 움직이는 자가 기회를 얻게 될 것이다.

같은 시대를 사는 많은 사람들의 삶의 결과가 다르게 나타나는 이유는 바로 이러한 차이 때문이다. 알면서도 실행하기 힘든 것이지만, 세상의 많은 일들로부터 현혹되지 말고 스스로를 쇄신하고 개혁하고자 하는 마음이 중심이 되어야 한다. 지금 일어나는 문제는 단지 다른 모습으로 나타날 뿐이지, 과거에도 발생했고 현재와 미래에도 계속 발생될 현상들이다. 현재 나타나는 문제로 너무 고민하지 말고, 긍정적이고 진취적인 생각을 하며, 미래를 바라보며 앞으로 나아가야 한다.

"일의 기쁨에 대한 비밀은 한 단어에 들어있다. 바로 탁월함이다. 무엇을 잘할 줄 안다는 것은 곧 이를 즐긴다는 것이다."

- 펄 벅 -

080
:
매일 꾸준히 성장하기

사람이 항상 제자리에만 있지는 않는 것 같다. 매일 시간이 지남에 따라 변화하는 과정을 볼 수 있다. 나 역시 작년에 맡았던 업무를 올해 다시 맡았을 때, 예전과는 다르게 새로운 것들이 눈에 들어오기 시작한 것 같다. 그래서 사람은 성장하는 것 같다. '서당 개 삼년이면 풍월을 읊는다'는 말처럼, 시간이 지날수록 우리의 능력이 업그레이드되는 것을 볼 수 있다.

하지만 누구나 다 그렇지는 않다. 조금이나마 성장할 수 있는 것은 그만큼 본인의 노력과 열정이 있기 때문이다. 매일매일 빠른 성장은 아니더라도 천천히 일상에서 조금씩 성장하는 것은 나에게 정말 값진 일이 아닐 수 없다. 너무 욕심 부리지 말고, 지금부터 또 다른 것으로 성장해 나아가야 한다. 과욕은 오히려 일을 그르치는 경우도 있다. 앞으로 나아가기 위한 발판을 마련하여 1%씩 성장하여, 나중에는 큰 뜻을 이루어내야 한다.

만약, 현재의 모습과 10년 뒤의 모습에 대해 변화가 없다면 어떨까? 변화하는 세상 속에서 자신만 한 자리에 머물며 같은 자리를 맴돌게 된다면, 결국 그 사람은 도태되고 말 것이다. 꾸준한 자기 성장을 이루기 위해서는 미래를 위한 방향 설정이 중요하다.

사람은 감성의 동물이다 보니, 자신이 미래를 위해 노력하며 살다가도 시간이 지나면서 다른 방향으로 흘러가거나, 그 일을 멈추고 다른 일에 빠져버리기도 한다. 사람들의 생각이 변화하는 것은 이해가 된다. 하지만 우리가 어떤 방향을 설정하며, 그 일을 해 나가는데는 원초적으로 바라고 희망하는 것들이 있을 것이다. 그 일에 대한 초심을 잃지 말아야 한다.

하고자 하는 일들에 대해 대부분 그 분야에 대해 성공하겠다는 마음을 먹었을 것이다. 그렇다면 매일같이 행하기 어려운 일들에 대해 다시 한 번 마음을 바로잡고 나아가야 할 것이다. 이는 지금 나에게 가장 필요한 말인 것 같다.

가끔은 지쳐서 나를 돌아보기 힘든 상황이 될 때가 있다. 이럴 때마다 한 번씩 오늘 나의 작은 노력이 또 하나의 결실을 맺는다고 생각하면 될 것이다. 지친 마음을 달래주기 위해 오늘도 꾸준히 일을 한다. 그리고 내 분야의 달인이 되는 날까지 포기하지 말아야 한다.

081
:
능력의 한계

　사람들은 무한한 능력을 갖고 있다. 하지만 사람들은 자신이 갖고 있는 능력을 실제로 사용해 보지도 못한 채 끝내버리는 경우도 많다고 한다. 대부분 사람들은 그런 것에 대해 깊이 있게 생각하지 못하는 게 현실이다. 지금이라도 늦지 않았다. 과거는 과거일 뿐, 지난 일에 연연하지 말아야 한다. 그래야 앞으로의 큰 도전도 지혜롭게 헤쳐 나갈 것이다.

　나는 능력에 관한 책을 보며 그런 생각을 해 보았다. 그저 성공해서 그런 소리를 하는 거라고 말이다. 하지만 주변에서 보면 실제로 성공한 사람들이 꽤 많다는 것을 알게 되었다. 사실 한계라고 하는 것은 우리의 마음속에서 정한 것들이다. '이 정도면 충분하다. 여기까지 했으면 더 이상 할 수 없다.'라는 말은 우리 자신이 정해놓은 한계선이다. 힘들다고 포기하지 말고, 잘 안된다고 절대 기죽지 말아야 한다. 우리가 정해놓은 한계라는 것을 과감하게 깨버리고, 자신이 성장할 수 있다는 자신감을 가져야 할 것이다. 그것이 바로 우리를 성장의 길로 인도하는 것이다.

나 자신이 부끄러웠다. 다른 세상의 이야기처럼 생각해 버렸으니 말이다. 지금부터는 다시 생각하기로 했다. 실제로 원하는 결과를 만들고자 다시 생각하고, 내 능력에는 한계가 없다고 크게 마음을 다시 잡았다. 그 결과 하는 일이나 내가 하고자 했던 일들을 조금씩 이뤄나가며, 자신감이 생겼다. 세상은 기다리며 생각만하는 자에게 오는 것이 아니라, 찾고 실행하는 사람들의 것이라는 것을 깨달았다. 작은 노력이라도 게을리 하지 말고, 반드시 작은 목표부터 실행해 나가는 습관을 기르고 싶다.

082

:

생각의 방향

　사람들은 매일 수많은 생각을 한다. 하지만 정작 대부분의 시간을 쓸데없는 생각을 하느라고 소비한다고 한다. 그렇다면 우리는 생각의 방향을 어디에 두어야 할까? 정작 우리가 스스로 생각하며 의미 있는 시간을 보내야 할 때에 엉뚱한 생각을 한다면, 그것은 정말 의미 없는 시간을 보내게 되는 것이다.

　생각하는 것은 참으로 좋은 것이다. 우리 생각의 중심을 어디에 두는지도 상당히 중요하다. 결국 이것을 잘하게 되면 좋은 계획도 나오게 되고, 생각의 방향도 올바르게 설정될 것이다.

　지금 순간에도 나는 불확실한 미래에 대해 많은 생각을 해 보게 된다. 앞으로 어떻게 살아야 할까? 지금 나는 만족스러운 삶을 살고 있는지…. 여러 가지 것들로 인해 복잡한 상황을 많이 겪게 되었다. 하지만 미래를 위해서, 좋은 방향을 마련하기 위해서 꼭 필요한 작업이다.

　그럼 어떻게 해야 할까? 지금부터 생각하는 방법을 바로잡고 메모를 하는 것이다. 대부분을 머릿속에서 생각만 하다가 끝내거나 자주 잊어버리는 이유는 메모를 하지 않기 때문이다. 문득 떠오른 아이디어 역시도 메모하는 습관을 키우는 것이 중요하다. 그렇게 하다 보면 나의 생각의 틀을 잡는데도 많은 도움이 된다.

실제로 아이디어 회의를 하다가도, 막상 어떤 것을 떠올리려고 해도 쉽게 생각이 나지 않는다. 그럴 때마다 틈틈이 해온 메모를 통해 나의 생각의 방향이나 아이디어를 쉽게 정하고 만들어낼 수 있었다. 생각의 방향을 잘 잡아야 한다. 그냥 시간이 지나가는 대로 생활하다 보면 결국엔 큰 것을 놓쳐버리고, 불필요한 것으로 가득 채우게 됨을 명심해야 한다.

우리 자신을 이끌어 나가기 위해서는 의식적인 창조자가 되어야 한다. 생각의 방향을 의도적으로 이끌어 나감에 따라 우리가 원하는 것에 영향을 미치게 되고, 나를 통제할 수 있기 때문이다. 또한 생각의 방향을 우리가 하고자 하는 것에 초점을 맞추면, 우리가 하고자 하는 일들에 지속적이고 창의적인 생각을 얻게 되어 긍정적인 효과를 얻게 될 것이다. 작은 실천을 통해 생활의 많은 변화를 가져올 수 있음을 명심하자.

083

⋮

몰입하고
나를 통제하는 것

우리는 어떤 일을 하든지 집중을 한다. 그 일이 잘되든 안 되든 말이다. 대부분 사람들은 자기 일에 집중한다. 일에 대해 몰입하지 못하면 일을 그르치고 말게 된다.

일에 집중하기 위해서는 어떻게 해야 할까? 가만히 우리 일상을 들여다보면 대부분 시간통제를 제대로 하지 못해 사람들과의 차이를 만들게 된다. 쉬운 예로 우리가 만화나 영화를 볼 땐 한참 몰입하며 어마어마한 집중력을 보여주지만, 교육을 하는 내용을 들을 때는 이상하게도 쉽게 지루해지거나 피로함을 느끼게 되었던 것을 기억할 것이다. 그래서 사람들 간의 학습에 대한 개인차가 발생되는 것이다.

당연한 이야기다. 하지만 우리는 이 당연함을 바꿀 수도 있다. 나를 통제하는 힘을 기르는 것이다. 평소에 그런 능력이나 습관이 부족하다면, 우리 스스로 태도나 행동을 바꾸려고 지속적으로 연습하여 체질을 개선해야 할 것이다.

대부분의 사람들이 학교 다니던 시절과 다르게 현재 자기 일에 몰입할 수 있는 것은 관심도와 자기 통제력에 익숙해져 있기 때문이다. 나 또한 이런 습관을 개선하기 위해 노력을 기울이다 보니, 내 생활패턴에 많은 변화를 주게 되었다. 그리고 끊임없이 노력하는 것이 중요하다는 것을 알게 되었다. 그래서 자신의 목표를 갖는 것이 중요하다.

우리는 무언가 자신에게 의미 있는 일들을 위해서 노력하고자 마음먹게 될 때 행복감과 자존감을 느끼게 된다. 회사 내에서 진행하고자 하는 일들에 대한 프로젝트를 예로 들 수 있다. 그것을 통해 내가 이루고자 하는 목표를 두고 노력한다면, 몰입을 통해 그 일에 대해 최선을 다하게 될 것이다. 더불어 일에 대한 성취감을 얻게 될 것이다. 일상에서 나에게 다가오는 일들을 삶의 작은 프로젝트로 생각하며 도전해 보라. 나의 삶을 더 의미 있게 만들 것이다.

084
:
오늘 또 하루를 사는 이유

오늘이란 이 시간은 다시 오지 않을 소중한 시간이다. 나는 문득 그런 생각을 한다. 내 나이가 아주 많아진다면 나는 어떤 모습일까? 10년, 20년 뒤의 내 모습은 과연 어떨까? 그런 생각을 해본다.

하지만 그 시간을 생각해볼 때 오히려 나 자신이 한심해지는 것 같다. 왜냐하면 크게 의미 없기 때문이다. 지금의 삶에 충실하지 못한 채 미래에 대해 불안해하거나 기대해도, 그대로 되는 일은 없기 때문이다. 하지만 미래에 대한 계획은 중요하다. 그것을 토대로 내 삶의 기준을 마련하는 것이기 때문에 꼭 필요한 일이다.

그러므로 너무 미래를 의식해서 매일의 삶을 등한시 한 채 살아가는 것은 바람직하지 않다. 오늘의 살아갈 이유를 발견하고, 의미 있게 살아야 내일이 있기 때문이다. 우리 삶을 의미 있게 만들어 보자. 이러한 생각이 요즘같이 살기 어려운 시대에 우리가 가져야 할 올바른 생각이 아닐까 생각한다.

마음을 다르게 먹자. 우리 사회를 돌아보면 우울증, 자살, 범죄 등이 사회문제로 기승을 부리고 있다. 이러한 것들은 매일같이 일어나는 현실이다. 대비는 할 수 있지만, 그런 것으로 너무 고민하며 삶에 영향을 받지 않았으면 한다.

그냥 지금 현실에서 행복하게 살 수 있는 방법에 초점을 맞추고 열심히 살아보자. 그러다 보면 사회의 불안요소들이 어느 샌가 해결이 되어 있음을 보게 될 것이다. 그만큼 내 삶에 영향을 받지 않도록 하라는 말이다. 이런 생각으로 우리 생활을 불안하게 만들 필요는 없다.

행복해질 시간도 부족한데 불안한 마음을 갖게끔 만드는 사회적 요소는 내 생활에 깊이 담아두지 않는 것이 좋은 것 같다. 일상적인 삶의 변화에 너무 민감하게 반응하지 말자. 그것을 하나의 현상으로 생각하고 자연스럽게 받아들이자. 오늘도 나만의 길을 묵묵히 걸어 갔으면 한다.

085

:

일상을 떠난
나만의 여행

매일 바쁜 일상에서 벗어나 가끔씩 휴식을 즐기는 것은 재충전의 시간을 갖기 위해 꼭 필요한 시간이다. 하지만 시간 계획을 잘못 세우게 되면, 모든 것이 흐트러질 수 있다.

1년에 한 번씩은 해외여행을 꿈꿔 보았다. 요즘 많은 사람들에게 해외여행은 매우 쉬워 보인다. 여행 장소를 달리하여 이색적인 나라로 여행을 다녀오는 것도 의미가 있다. 그 나라만의 문화를 체험하고, 그것을 바탕으로 많은 삶의 지혜를 배울 수도 있다.

그래서 나는 매년마다 여행저축을 하고 있다. 일 년 후 잔고가 채워지면, 지역과 일정을 선택하고 여행을 준비하였다. 이렇게 해서 아시아 지역과 유럽 일부를 다녀오게 되었다. 매번 새로운 곳으로 갈 때마다 설렘과 기대를 갖게 되어, 항상 여행 기간 동안 즐거웠다.

우리의 일상과는 전혀 다르게 살아가는 모습을 비교해볼 때면, 가끔씩은 그 나라에서 살고 싶다는 생각이 들기도 한다. 하지만 여행은 여행일 뿐이다. 그 나라에서 일하는 사람들은 나름대로의 힘든 순간을 보낼 수도 있기 때문이다. 수박 겉핥기식의 생각은 금물일 것이다.

그럼에도 이런 생각을 다 떠나 한편으로는 마음의 여유가 생겨난다. 여행을 다녀오고 나면 즐거웠던 추억이 남기 마련이다. 여행하는 동안 찍었던 사진을 보며, 여행지에서 만난 사람들과 가끔씩 연락을 하며 지내기도 한다. 서로 간의 안부를 묻기도 하고, 또 다른 여행을 계획하며 만나기도 한다.

가끔씩은 이렇게 내 생활의 일부에서 변화를 꾀해 삶에 활력을 줄 수 있는 시간이 필요하다는 걸 절실히 느낀다. 이러한 일들이 지금 내 삶의 한 부분이라고 생각하면 아주 의미 있는 시간이라고 생각되기 때문이다. 사람이 살아가는 시간은 한계가 있다. 그래서 더욱 이 순간순간의 삶을 의미 있게 만들어 나가는 것은 중요하다는 생각이 든다.

086
:
소통에 대해서

우리는 많은 대화를 하며 살아간다. 하지만 모두가 좋은 대화로 이어지는 것은 아닌 것 같다. 서로 간의 입장만을 고수한 상태에서는 대화가 단절되기 십상이다. 회사 일을 하며 직원들 간에 많은 대화가 오가는 것은 사실이다. 많은 사람들이 직장 내에서 힘들어하는 이유 중 하나는 직원들이 자신만의 입장을 고수하여 갈등이 해결되지 않는 경우가 많기 때문이다.

우리는 이러한 문제를 해결할 수 있는 방법을 찾아야 한다. 이대로 방치하다가는 아마 오해를 하여 더 큰 문제를 야기하게 될 것이다. 왜 이런 문제를 해결하기 어려울까? 사람들마다의 입장이 있고, 서로의 생각이 개입되다 보니 발생되는 문제점인 것이다.

솔직히 정답은 없다. 하지만 이것을 지혜롭게 해결하기 위해선 우리 스스로를 먼저 돌아봐야 할 것이다. 그리고 내가 하는 말과 행동이 일치하는지 생각해 보아야 할 것이다. 나 스스로도 떳떳하지 못하면서 상대방이 내 말을 따르길 바라는 것은 큰 오산이다. 또한 우리 스스로가 좀 더 마음을 활짝 열고, 상대방의 마음을 받아들여야 한다.

소통을 잘하기 위한 방법으로 '퍼실리테이션(Facilitation)'을 들 수 있다. 퍼실리테이션은 '일을 쉽게 하도록 도와주다'라는 의미이다. 토론이나 회의를 하기 위해 소통을 도와주는 방법이라고 할 수 있다. 그래서 맞든 틀리든 간에 각자의 의견을 소중히 받아들이고, 토론자들 스스로 답을 찾아가는 것이다. 자신의 주장이 옳더라도, 상대방의 생각도 존중해 준다면 그 안에서 더 좋은 의견을 도출해낼 수도 있다.

우리에게 필요한 것은 자신의 의견을 완강하게 주장하기보다는 상대방의 입장을 이해하고 묵묵히 기다려주는 습관이다. 앞으로 내 입장만을 고수하다가는 결국 지금과 같은 현실에서 벗어나기 힘들게 될 것이다. 가족, 직장, 학교, 기관 등 어디든지 이런 일은 끊임없이 일어나고 있다. 나 또한 회사에서 이런 문제로 많은 갈등을 겪고, 서로 간에 풀리지 않는 일들이 많았던 것을 기억한다.

조금만 서로를 이해하고 배려하는 마음으로 상대방을 대하면, 나 스스로 높아지고 상대방으로 하여금 나의 인상과 이미지를 좋은 쪽으로 인식하게 만들 수 있을 것이다. 지금부터라도 조금씩 마인드 개선을 하여 소중한 인간관계를 만들도록 노력해야 할 것이다.

087

:

포기하지 않고
성공을 이루려면

매 순간 사람들은 성공을 꿈꾼다. 사람들마다 기준은 각자 다르지만, 인생을 살면서 큰 목표를 갖고 살아간다. 하지만 왜 우리 인생에 많은 장애물이 생기는 것일까? 하루하루를 살아가다 보면 우리의 일 중에 많은 부분들이 장애요소가 되어 우리 앞을 가로막고 있다.

누구나 겪는 과정이다. 그것을 두려워하지 말아야 한다. 과연 우리가 극복할 수 있는 방법은 무엇인가? 장애물을 헤쳐 나갈 유연한 사고가 필요할 것이다. 나 또한 힘들었던 순간들이 너무 많았다. 그래서 중간에 포기하고 싶던 순간들이 기억난다. 하지만 이상하게도 그때를 넘기면, 다시 좋은 일들이 찾아오고 더 강해진 나를 볼 수 있었다.

열심히 노력하자. 순간의 힘든 상황에서 절대 포기하지 말자. 나는 이런 생각을 한다. 내가 가장 힘든 것을 이겨냈을 때를 생각한다. 죽고 싶을 만큼 먹고 살기 힘들었거나, 취업이 안돼서 방황하던 시절을 생각해본다. 누구에게나 힘든 상황은 똑같이 찾아온다. 이 위기를 지혜롭게 이겨내는 자가 진정으로 승리하게 되는 것이다. 방법은 항상 존재한다. 어떤 일을 하든지 이를 명심하고, 초심을 잃지 않고 끝까지 나아가야 한다.

"끈기를 대신할 수 있는 것은 없다. 재능도 아니다. 재능이 있는데도 성공하지 못한 사람은 세상에 널렸다. 천재성도 아니다. 버림받은 천재성이란 말도 있지 않은가. 교육도 아니다. 세상은 교육받은 낙오자로 가득 차 있다. 끈기와 결단력만이 모든 것을 가능케 한다.

-켈빈 쿨리지-

나는 이 명언을 좋아한다. 현재를 살아가는 우리에게 꼭 필요한 말이 아닐까 생각한다. 힘들 때마다 좀 더 긍정적인 생각과 도전으로 세상에 나아가야 할 것이다.

194

088
:
새로운 도전과
경쟁을 즐기려면

　현재를 사는 우리들은 늘 새로운 도전과제에 직면해 있다. 매일같이 일을 하며 살아가지만, 변화하는 트렌드에 맞춰 사는 것이 쉽지만은 않다. 과거에 비해 많은 것들이 빠르게 변화하기 때문이다. 물론 편리해진 것도 많고 쉽게 다양한 정보를 접할 수 있어 좋지만, 어떨 때는 과거의 것들이 더 좋았다는 향수에 잠기기도 한다. 무엇이든지 다 좋을 수는 없다. 하지만 옛날 노래를 들으면 그 당시 유행했던 노래와 그때의 일상의 삶을 돌아보게 된다.

　일적인 부분에서도 마찬가지다. 일에 대해서도 과거의 경영방침과 현재의 요구사항이 다르다 보니, 그에 맞춰 능동적인 사고가 필요하다. 무한경쟁 시대에 살아가는 요즘에는 우리의 노력 여하에 따라 하루에도 무수히 많은 것들이 생겨나고 없어지곤 한다. 그렇다면 이 시대를 어떻게 해야 잘살아나갈 수 있을까? 문득 그런 생각이 든다.

　정확한 정답은 없다. 단지, 변화에 대해 유연하게 대처하는 능력이 필요하다고 생각된다. 세상의 모든 것들이 어떤 하나의 생각만을 답으로 요구하지는 않는다. 다양하고, 창의적이고, 혁신적인 생각을 갖는 것이 중요할 것으로 생각된다.

우리는 현시대를 살아가며 무언가를 위해 도전하고, 경쟁하며, 바쁘게 살아가고 있다. 이것을 스트레스로 받아들이지 말고, 나를 변화시키기 위한 노력으로 생각해 보는 것이다. 그렇게 해본다면 마음은 한결 가벼워질 것이다. 삶에서 많은 위기의 순간이 찾아온다. 그것을 잘 해결하는 사람을 보면, 자신의 삶을 즐기며 해결할 방법이 있다고 생각하는 사람들이다.

앞으로 이 시대를 잘 살아가려면, 일에 대한 고정관념을 버리고 세상이 원하는 것을 유연하게 받아들이는 능동적인 사람이 되어야 한다. 그래야 잘사는 사회가 될 것이다.

"습관의 타파는 변화와 쇄신의 전제 조건으로 단순한 결정만 가지고서는 불가능하다. 자극, 열망, 의지가 필요하다. 위기는 이러한 조건을 제공하며, 변화의 유일한 원동력이다."

- 로버트 워터만 -

089
⋮
만약 내가 사장이라면

만약 내가 회사를 운영하는 대표라면, 위기에 처해 있는 회사를 어떤 방법으로 되살려야 할까? 회사의 매출은 점점 떨어지고, 인건비는 올라가고, 내부의 비리는 심해진다면 말이다. 정답은 없다. 내가 사장이라면 해결해 나가야 할 문제이다. 구조조정을 해야 하는가? 아니면 영업 방식을 바꿔야 할까?

사실 구조조정만이 능사는 아닐 것이다. 회사마다 처한 상황이 다르기 때문에 신중하게 다루어져야 할 문제이다. 회사를 유지하기 위한 방법 중 하나는 문제의 원인을 먼저 규명하는 것이다. 현장에서 일하는 직원들의 상황이나 시장상황, 영업 환경 등을 주도면밀히 관찰한 후에 문제점에 대한 것을 어떻게 해결할지 논의하고 결정해야 할 것이다.

실제로 많은 회사들이 잘나가고 점점 우량기업이 되다가도, 한번에 무너지는 이유가 상황에 맞지 않게 무리한 방식으로 사업을 추진하거나, 관리감독의 소홀로 인해 발생되는 경우가 상당히 많다. 결국

경영자의 잘못된 의사결정으로 큰 문제를 야기한다. 이와 관련하여 위기 때마다 회사를 살려낸 LG이노텍 CEO허영호의 '실전 경영 노하우'를 정리한 《청정문》의 내용을 살펴보자.

"청정문이란 상대방의 말을 주의 깊게 듣고, 그 사람의 입장을 진심으로 이해하고 인정하며, 일방적 지시가 아니라 생각을 자극하는 질문을 통해 쌍방향으로 소통한다는 뜻이다.", "나는 경험을 통해 최고경영자 혼자만의 노력으로 조직을 강하게 한다는 것은 거의 불가능하다는 사실을 깨달았다. 경영의 중심은 결국 '사람'이었다. 그래서 나는 조직구성원들과 함께 가는 길을 택했다."

만약 내가 경영자라면, 좀 더 세밀하게 현장상황을 검토하고 나 혼자가 아닌 조직구성원들과 함께 나아가야 한다는 생각을 했다. 안타깝게도 많은 직원들이 회사를 떠나거나, 좋은 인재들이 이직하는 사례를 종종 볼 수 있다. 삶은 더불어 사는 것이다. 그러므로 과거의 경영 방식과 회사의 입장만을 고수해서는 안 될 것이다. 조직이 앞으로 나아가기 위해서는 새로운 비전과 방향을 가지고, 조직원들과 함께 원활한 관계를 유지해 나가야 한다.

090

:

보고 예절

조직에서는 매일 상사에게 많은 보고가 이루어지고 있다. 그런데 직원들마다 상사에게 인정받고 평가받는 것이 다르다. 그 이유는 무엇일까? 사람마다 생각하고 일을 처리하는 방식이 제각각이기 때문이다.

상사마다 좋아하는 것은 조금씩 다르지만, 모두가 기본적인 보고 예절은 중요하게 생각한다. 그 이유는 기본적인 인간관계에 대한 예절을 중요하게 생각하기 때문이다. 직장 내에서의 보고 종류는 다양하다. 전화, 문서, 상황 보고 등이다.

우리는 보고를 할 때 예의는 기본이고, 이 일이 어떤 영향을 미칠지 주도면밀하게 생각하고 보고를 해야 한다. 보고를 받는 상사는 그 일에 대해 기본적인 것은 알고 있지만, 세부적인 것까지는 미처 파악하지 못했을 수도 있다. 그렇기에 그 일의 특성에 대해 많은 질문을 할 수 있다. 이때 내용을 정확하게 답변하지 못한다면 문서에 대한 신뢰를 주기 어렵게 될 것이다.

생각해 보라. 상사의 입장에서는 많은 보고 자료를 받고 이를 근거로 해 의사를 결정해야 한다. 그러므로 만약 보고 내용에 대해서 확신이 없거나 내용이 빈약하다면 문제가 될 것이다. 때문에 항상 보고자는 보고받는 사람의 입장에서 일처리를 해야 한다.

중간보고 역시 중요하다. 일처리의 요구는 상, 중, 하로 단계가 나누어질 것이다. 일의 중요도에 따라 처리가 지연될 경우 중간보고를 꼭 해 주어야 한다. 업무가 긴밀하거나 장기적인 처리가 필요할 경우는 반드시 보고를 필수적으로 해야 할 것이다.

일을 보고할 때 항상 지혜로운 생각을 갖고, 지금 이 상황에서 가장 좋은 방법이 무엇인지 상황파악을 잘해야 한다. 보고를 잘하는 것만으로도 좋은 평가를 받을 수 있음을 명심하자.

091
⋮
직원들과 함께
성과를 공유하는 것

　동료들과 서로의 성과를 공유하는 것은 참으로 중요하다. 회사가 성장한다는 것은 그만큼 많은 직원들의 노력이 뒷받침 되었다는 뜻이다. 직장 내에서 중요시하는 성과에 대해서 이런 생각이 든다. 누구나 똑같이 일을 하지만 개인의 능력, 운, 노력 여하에 따라서 상황이 많이 달라지는 것이 사실이다. 그러므로 무한경쟁을 하는 회사에서는 내부적으로 많은 갈등이 있기 마련이다. 서로의 의견에 따라 충돌이 생기거나, 이해집단 간의 결속 부분 등에서 문제가 발생된다.

　하지만 다른 면으로 생각해 보면, 누구나 월급을 받아가며 생활하는 평범한 샐러리맨이다. 높은 성과 인센티브도 좋지만 지금까지의 좋은 실적을 만들기 위한 팀원 간의 노력을 기억해야 할 것이다. 많은 일들로 상처 받고 고통 받은 직원들을 위해 서로 다독이는 즐거운 시간을 만들어나갔으면 한다. 일을 하면서 많은 사람들이 상처를 받게 된다. 회사에서 요구하는 방침이나 전략에 맞추다보니, 사람들의 의견이 무시되거나 내가 원하지 않는 방향으로 일이 흘러가는 경우가 많기 때문이다.

　직원들과의 성과를 공유하는 자리에서 사람들의 마음속 깊은 이야기를 들어보면, 그들에게 힘을 주어야겠다는 생각이 많이 든다. 그들의 노력을 치하해 주는 것이다. 조직의 핵심인물들만이 성과에 대한 포상을 받지만, 실제로는 그것을 지원해 주는 직원들의 노력에 깊은 감사를 해야 할 것이다. 주로 직원들과 함께하는 회식자리는 말 그대로 성과를 칭찬하기 위한 자리이기도 하지만, 또한 서로가 그동안에 있었던 일들에 대한 나눔의 자리가 될 수도 있다. 어떤 것이든 성과를 내기 위해 회사의 모든 직원들이 참여해서 이뤄놓은 것들의 실상임을 잊지 말아야 한다.

202

092

:

직장인의 공부

직장인들에게 필요한 것이 있다. 바로 공부를 하는 것이다. 직장인들의 자기계발 열풍이 시작된 것은 벌써 한참 전부터의 일이다. 트렌드에 맞춰 우리도 준비를 해야 하는 것은 당연시 되어가고 있다.

어떻게 해나가야 할까? 무조건적인 것은 없다. 본인에게 잘 맞는 걸 해나가는 것이 중요하다. 나는 학교에 다닐 때 못했던 대학원 공부와 외국어회화 공부를 하고 있다. 대부분의 사람들이 평범하게 하고 있는 것들이라고 할 수도 있다. 하지만 일과 병행하는 것이 쉽지 않았다. 시간적인 제약이 많아서 중간에 포기하는 일들도 있었다.

생각을 좀 바꿔보면 보다 쉽게 받아들일 수 있다. 일을 우선순위로 두고 조금씩 실행하면서, 못나가는 것에 대한 스트레스를 받지 않기로 마음을 먹었다. 너무 완벽하게 하려고 하면 여러 가지 제약사항이 발생되었다. 그래서 재미있는 일을 하는 것으로 생각을 바꾸었다. 생각을 바꾸고 실행하다 보니 자연스러워졌고, 유익한 시간으로 보낼 수 있게 되었다.

직장인들에게 공부는 정말로 필수사항이 되었다. 빠르게 변하는 시대에 맞춰가기 위해서 다양한 방법을 습득하고 흐름을 이해하고, 유연하게 사고를 할 수 있는 지혜가 필요하다는 생각이 든다. 무엇이든지 처음부터 무리하지 말고, 작은 것부터 하나씩 실행하는 것이 중요한 것 같다. '시작이 반이다'라는 말처럼 작은 것부터 시작해서 미래를 대비하는 자세를 가져야 한다.

093
:
일을
즐겁게 하기 위해서

　일을 하는 데 있어서 우리의 마음가짐이 중요하다. 실제로 나는 일에 대한 부담감을 가졌던 적이 있다. 하지만 이러한 생각이 정말 무서운 행동이라는 것을 알게 되었다. 부담감을 느끼고 일이 나의 무거운 짐이라는 생각을 하게 되자, 매일같이 출근하기가 두렵고 힘들어졌다. 모든 일이 손에 잡히지 않고, 하루가 지나갈 때마다 다음 날이 오는 것이 두렵게 느껴졌다. 내 생각의 방향이 나를 그렇게 만들었던 것이다.

　장샤오헝의 저서 《느리게 더 느리게》에 나오는 석공의 일화가 생각난다. 세 명의 석공 중 한 명은 일이 너무 힘들고 허리가 부러질 것 같다고 말했고, 다른 석공은 그냥 묵묵히 하루의 일을 하였으며, 마지막 석공은 아름다운 조각을 만들고 싶다며 다음날 새벽이 오기를 기다렸다고 한다. 나의 모습은 가장 첫 번째 석공에 해당하지 않았을까 하는 생각이 들었다. 마음의 짐을 갖고 있으면 부정적인 생각밖에 들지 않는다. 일을 즐겁게 더 열심히 하고자 하는 마음을 지닌

세 번째 석공의 모습을 닮고 싶었다. 나의 일을 즐기고 싶었다.

어떻게 해야 할까? 나 자신의 태도와 의지가 중요하다는 생각이 들었다. 일을 잘하고 못하고의 문제를 넘어서, 어떤 의식을 갖고 있느냐의 문제가 더 중요한 것 같다는 생각이 들었다. 아직까지는 세 번째 석공 정도의 경지는 아니지만, 분명한 것은 긍정적인 생각과 바른 태도로 모든 일에 임하고 있다는 것이다. 그러다 보면 일을 즐길 수 있는 경지에까지 오를 수 있지 않을까 생각된다. 현재의 모습에 머무르지 말고 앞으로 잘할 수 있다는 생각을 하자. 분명 나를 더 좋은 방향으로 발전시켜 나가게 될 것이다.

094
:
부자들이
더 열심히 일하는 이유

우리는 부자가 된다면 경제적으로 풍요롭기 때문에 더 행복할 거라고 생각한다. 하지만 실제로 돈을 많이 갖고 있는 사람들은 그만큼 더 열심히 일하고, 노력해서 그 위치에 올라온 사람들이다. 그렇다고 해서 더 행복하지 않다는 것은 아니고, 그 사람들이 부자라는 것과 행복하다는 것은 별개의 문제라고 생각한다. 경제적인 풍요는 누릴 수 있을지 모르지만, 그것을 관리하고 유지해나가는 일도 쉽지 않을 것이다. 그러므로 부자들은 놀고먹을 수 있고, 행복할 거라는 생각은 좀 다른 측면에서 생각되어야 할 것이다.

사람들이 살아가며 부자를 꿈꾸지만, 제각각 살아가는 방식이 다른 이유는 그 사람들만의 삶의 방식이나 가치관이 다르기 때문이다. 그래서 부자들은 놀고먹는 것이 아니라, 본인의 삶의 목표를 위해 더 열심히 노력하고 살아가는 것이다. 얼마 전에 TV에 나온 내용 중 '서민갑부'라는 제목으로 나온 이야기를 보게 되었다. 정말 죽을 만큼 힘든 가난을 겪고, 그것을 넘어서 포기하지 않고 끝까지 노력하여

직장인의 삶을 여유롭게 만드는 지혜

부자가 된 사람들의 이야기다. 그것을 보며 서민갑부의 주인공들이 힘들게 살아왔고, 돈의 소중함을 알기 때문에 더 열심히 노력하는 것이고, 그리하여 부자가 되었다는 것을 알게 되었다.

물론 다 그런 것은 아니지만, 대부분의 일화를 보아도 부자들은 남들과 달리 정말 노력하는 모습을 볼 수 있다. 부자라는 것을 부러워하기보다, 그들처럼 현실에 순응하고 묵묵하게 열심히 살아가는 모습을 가져야 할 것이다.

095
:
마음의 병

　사람이 갖고 있는 병 중에서 가장 위험한 병이 마음의 병이라고 생각한다. 요즘 같은 현대인들이 갖고 있는 병 가운데 하나가 우울증이라고 한다. 이 세상 자체가 점점 더 힘들어지고 우울해지는 이유가 과거보다 점점 다양한 일과 금전 문제가 발생하기 때문이다. 빠른 일상과 조급함 등이 우리의 마음을 흔들고 있다. 마찬가지로 우리의 인생은 시간의 흐름에 따라 흘러가고 있다.

　먼저, 우리 마음의 변화가 필요하다. 이 시간들을 소중하게 생각하고, 매 순간순간을 즐길 줄 알아야 한다. 그렇지 않으면 시간의 지배에 굴복하여 다스림을 받는 수동적인 존재가 될 것이다. 또한 '이런 삶을 살아서 뭐하나?' 하는 마음을 갖게 되어 삶에 대한 의식에 큰 의미를 주지 못하게 될 것이다.

　조금만 생각을 바꿔보자. 삶을 멋지고 의미 있게 만들어 보자. 마음의 병을 다스리지 못한다면 우리는 많이 힘들어지게 될 것이다. 지금 그런 생각이라면 당장 바꿔라. 이것이 우리를 행복한 삶으로 인도하는 변화의 시작이 될 것이다.

우리가 살아가는 이유에 먼저 초점을 맞추어 보자. 가장 기본적인 생각으로 돌아가 본다면, 바쁜 일상에서 왜 우리가 살아가야 하는지에 대한 이유를 알 수 있을 것이다. 사실 마음의 병이란 것은 우리 스스로가 만든 병이다. 사람들마다 살아가는 방식이나 생각이 다르기 때문에 이 사회가 돌아가는 것이다. 그런 것처럼 마음의 병이란 것을 우리가 알게 모르게 만들어버린 것이 아닐까 생각된다.

조금만 생각하고 나를 다시 한 번 돌아본다면, 원점에서 내가 무엇을 잘못하고 있는지 발견하고 그 안에서 해결책을 찾아낼 수 있게 될 것이다. 가끔씩은 아무리 바빠도 나를 위해 생각할 수 있는 시간을 만들어 보자. 그래서 내가 진정으로 살아가는 이유를 생각해 보고, 마음의 병이 왜 생기는지 원인을 찾아보자. 만약 내가 잘못된 방향으로 가고 있다면, 다시 한 번 바로잡고 미래를 위해 정진해 나아가라.

210

096
:
생각하는 방식의 전환

나는 가끔씩 충동적인 행동을 할 때가 있다. 우연히 내가 가끔씩 돈을 사용할 때 충분히 생각해 보지 않고 쉽게 결정을 내렸다가 후회하는 경우가 있다는 것을 알게 되었다. 사람들의 말에 대해 쉽게 동조했다가 생각지도 않은 일을 겪게 된 경우도 있다. 누구나 나처럼 이런 경험이 충분히 있을 것이다.

그러므로 조금은 생각을 통제할 필요가 있다. 왜냐하면 너무 쉬운 결정은 그에 따른 결과에 책임을 져야 하기 때문이다. 인생을 살아간다는 것은 늘 많은 생각을 하고, 매번 주어진 일마다 해결해나가야 하는 과정의 연속인 것이다. 그것이 어쩔 수 없는 현실이다.

나는 그래도 계획적으로 살아간다면 조금씩은 내 인생의 변화가 있을 것이라 생각된다. 그래서 생각을 통제하는 것이 필요하다고 생각한다. 생각 없이 무의식적으로 행동을 한다면, 나는 동물과 다를 바가 없을 것이다. 반대로 사람은 많은 생각을 할 수 있고, 삶을 만들어 가는 과정을 볼 때 생각의 힘은 놀랍다는 생각이 든다. 그런 것처럼 우리가 하는 일상의 많은 것들도 생각의 차이에 따라 천차만별로 달라질 것이다.

우리가 하고자 것들에 대해 욕심이 많아서 너무 많은 것을 하고자 한다면, 사실 제대로 진행되는 것이 없다. 그러한 것을 제대로 하기 위해선 내가 생각하는 기준을 정확하게 마련해 놓고, 그것을 통해 내 삶을 실현해 나가야 할 것이다. 또한 충동적인 행동과 삶의 방식은 나를 원하지 않는 방향으로 이끌게 될 것이다. 생각하는 방법을 전환해 보자. 천천히 내가 지금 해야 할 일들을 종이에 펜으로 채워보고, 그 안에서 내가 지금 해야 할 일들에 대한 생각과 방법을 정리해 보는 것이다.

지금부터 생각하는 방법의 전환을 통해 우리가 살아가는데 필요한 것들로 우리 마음을 채워 놓아야겠다.

097
:
솔선수범하는 자세

　평소에 일을 하면서 그 일의 주인이 누구라고 생각하는지에 따라서 일의 성과나 결과에 큰 차이가 만들어진다. 그 이유는 일을 바라보는 관점이 다르기 때문이다. 나는 오래 전부터 회사에서 일을 하며 윗사람을 바라보고, 그 사람의 지시에 따라 일을 하며, 또한 나도 그렇게 하려고 노력했던 것 같다. 항상 윗사람만 잘해야 하느냐, 꼭 그런 것은 아니다. 지금 위치에 있는 담당자의 역할도 중요하다. 내가 담당이라면, 맡은 일에 대해 책임감 있게 행동해야 한다. 그래야 주변에서도 나의 행동을 보고 따라서 움직일 것 아닌가?

　앞으로의 일들을 잘해나가고 싶거든 먼저 솔선수범해야 한다. 본인이 하기 싫은 일을 절대 남에게 전가해도 안될 것이다. 사람이 풍기는 외향적인 태도, 말, 행동 등을 통해서 그 사람을 알 수 있다. 잘못된 것들로부터 사람들과 안 좋은 관계를 절대 만들지 말아야 할 것이다. 평소에 하는 태도를 가지고도 우리 자신을 판단해버릴 수 있기 때문이다.

우리는 모두 관리자로서의 마음을 가져야 한다. 맥도날드의 설립자 레이 크록(Ray Kroc)은 어느 날 맥도날드의 매장 주차장에서 쓰레기를 발견했다. 그는 그것을 지나치지 않고, 그 매장의 직원과 자신의 운전기사를 불러서 함께 치웠다고 한다. 작은 것이지만 이러한 이야기가 전 직원들 사이에 소문이 나서, 직원들이 청결과 정리정돈의 중요성을 깨닫게 되었다고 한다. 이런 일화처럼 솔선수범을 통해 영향력이 발휘된다는 사실을 알 수 있다.

회사에서는 하나의 큰 비전을 갖고, 그것에 맞춰 모든 것들이 잘 돌아가길 바란다. 담당자로서의 솔선수범하는 태도는 다른 사람들의 마음을 움직이게 할 것이다.

098

:

부하직원의 충고를
받아들이는 자세

　회사에서 결정되는 많은 일들은 지도자의 머리에서 나오는 경우
도 있지만, 사실은 현장 담당자들의 이야기를 통해서 나오게 되는
경우가 많다. 어떤 기업에서는 지도자가 이런 것을 독단적으로 결정
하여, 나중에 매출이 떨어지고 나서야 본인이 잘못된 결정을 한 것
을 알게 된다. 사업을 추진하는 능력은 매우 중요하다. 하지만 회사
를 위해 일하는 직원들의 위력은 더 대단하다고 할 수 있다.

　주변에서 직원들이 다른 뜻을 갖고서 무언가를 진행하려고 할 때,
우리는 그것이 어떠한 것이고 왜 그런 생각을 갖고 있는지 주의 깊
게 관심을 가져야 한다. 다양한 직원들의 의견을 통해 부하들이 생
각하고 있는 다른 뜻을 이해하게 될 것이다. 그리고 능력 있는 부하
직원은 지도자가 자신의 이야기에 귀 기울여 줄 때 더 큰 능력을 발
휘하게 된다. 반대로 부하직원이 자신과 뜻을 달리한다고 무시하거
나 화를 낸다면, 부하직원의 적극성과 창조성을 파괴하는 결과를 만
들게 될 것이다. 결국 부하직원은 시키는 일만 하는 수동적인 존재

가 되어 생산성을 떨어뜨리게 될 것이다.

관리자들은 매일 수많은 일을 처리하고 결정한다. 뛰어난 리더가 되려면 다른 사람의 의견에 귀를 잘 기울이는 자세를 보여야 한다. 그래야 가장 현명한 방법을 선택할 수 있을 것이다.

099

:

변명하지 마라

우리가 어떤 일에 부딪혔을 때, 일을 둘러싼 상황에 빠져서 중요한 결정을 하지 못하게 되는 경우가 발생한다. 그런데 우리가 생각하는 방법을 달리하면, 정면으로 맞서기보다 우회할 때 더 좋은 효과를 얻을 수도 있다. 일례로 내가 저지른 실수가 아닌데 그 일이 내 책임이라는 말을 들었을 때가 있다. 그때 내가 잘못한 게 아니라고 바로 해명하기보다는 일의 원인을 규명하고, 잘못된 부분을 인정하고, 그 다음으로 해명에 나서는 것이 좋다. 어떤 이유에서건 사람들의 인식을 바로잡기 위해서는 솔직하게 말하고, 절대 변명으로 나 자신의 입장을 늘어놓으면 안 된다는 이야기이다. 쉽게 끝낼 일도 잘못하면 오히려 더 큰 문제를 야기해 돌이킬 수 없는 상황을 만드는 것을 주변에서도 쉽게 볼 수 있기 때문이다.

일본의 도시바의 기업의 일화가 있다. 직원들의 불친절한 고객응대에 대해 기분이 상한 고객이 인터넷에 글을 올려서 기업의 이미지가 실추되었던 사건이 있었다. 1997년 12월, 도시바의 신형 VCR을 구입한 회사원은 화면의 노이즈 현상이 심한 것을 발견했다. 그는 도시바의 서비스센터에 전화했지만 직원들이 이리저리 전화를 돌리는 것에 불편을 겪었다. 나중에 서비스센터에서 새로 바꿔준 VCR도 이미 한물간 구형이었고, 항의 전화를 걸었던 이 회사원은 담당자로부터 심한 폭언을 들었다. 이 회사원은 통화 내용을 고스란히 녹음한 뒤 인터넷에 공개했다. 인터넷에 공개된 담당자의 멘트는 "상품도 인간과 마찬가지로 수명이 있단 말이야. 이 사람아, 사과를 하라고 하는데 도대체 무엇을 사과하란 말이야. 수리는 벌써 끝나고 교환까지 해줬는데 대답 좋아하네. 너 같은 인간은 고객도 아니다"였다. 그리고 담당자는 마무리로 "전화를 계속하면 경찰에 업무방해죄로 잡아 넣을거야"라며 전화를 끊었다. 인터넷을 통해 공개된 녹취 내용을 들은 전국의 네티즌들이 도시바 측에 항의전화를 퍼부었다. 이후 도시바는 회사 홈페이지에 폭언이 있었던 것은 사실이라고 인정하고, 많은 고객들에게 걱정을 끼쳐 드려 죄송하다며 공개사과를 한 뒤 사건이 마무리되었다.

쉽게 해결할 수도 있던 일이었지만, 담당자의 변명과 조치에 대한 회사 측의 일관적인 입장만을 주장함으로써 더 큰 문제가 야기된 사건이다. 우리는 어떠한 문제에 대해서 관리자의 마인드로 신중하고, 지혜롭게 처리를 해야 할 것이다.

"실수에 대해 변명하면 그 실수를 한층 더 돋보이게 할 뿐이다."

- 셰익스피어 -

100
⋮
목표 설정 방법

나는 지금까지 많은 꿈을 꾸며 살아왔다. 누구나 앞으로의 삶에 대해 꿈꾸고, 실행해 나가고 있다. 미래를 개척하며 살아가는 사람들을 보면 그 사람들만의 원칙이 있다. 본인만의 노하우로 자신의 삶을 설계해 나가는 것이다. 그들의 공통점은 무엇일까?

생각해 보니, 그에 맞는 기준이 필요한 것이다. 목표는 구체적으로 설정하는 것이 좋은 것 같다. 지금 알고 있고 생각하는 것은 거기까지이다. 그래서 지금 나에게 필요한 일들이라면 메모를 통해 주변의 일들을 기록하고, 앞으로의 목표를 작성할 때 사용하는 것이다. 그 다음은 수치화 하는 것이다. 내가 언제까지 목표를 달성해서 이루겠다는 구체적인 일정이 필요할 것이다. 마지막으로는 하고자 하는 일을 하기 위한 세부목록을 작성하여, 늘 목표를 시각화하고 되새기는 것이다.

목표 설정 방법은 간단하다. 하지만 이것이 종이에 쓰인 목표로 끝나는 것은 우리의 실행이 거기서 끝나는 경우가 많기 때문이다.

우리가 무엇인가를 진정으로 원한다면, 진정으로 그것을 하기 위해 최선의 노력을 다해야 한다. 시간이 지나고 나서야 후회하지 말고, 설정한 목표대로 꾸준히 해 나가라. 물론 주변에 장애요소들이 생겨나겠지만, 그 시간만 잘 넘기면 점점 더 익숙해질 것이다.

101

:

초심의 마음을
잃지 마라

직장생활을 처음 시작한 때가 생각난다. 시간이 많이 지난 지금, 그동안의 이력 내용이나 수첩을 보면 시간의 흐름에 대한 많은 흔적들이 남아 있다. 벌써 10년이 다 되어간다. 과거를 회상하며 그동안 메모했던 일들, 하고자 했던 일들이 나열되어 있는 걸 보면, 나도 이 회사에서 나름 열심히 일했다는 생각이 든다.

그중에서도 가장 기억나는 것이 하나 있다. 입사 초기, 내가 이 회사에 다니면서 앞으로 어떤 일을 할 것인가에 대해서 기록한 것이 있었다. 그때 당시 마음먹었던 일에 대한 메모도 있었다. 열심히 일해서 인정받기, 저축하기, 결혼하기 등 다양한 것들이 있었다. 그렇게 일하며 벌써 10년이 다 되어간다니 감회가 새롭다.

시간의 흐름에 따라 내 생각도 많이 변한 것 같다. 어떤 사람이 말하길, 신입사원의 마음으로 일하면 못할 것이 없다고 한다. 나도 그 말에 동의한다. 나 역시 지금 나태한 생각을 할 때 초심의 마음으로 돌아가고자 노력한다. '내 생각이 잘못 되었구나'라고 성찰한다. 지금의 상황에 안주하는 모습에 대해 다시 한 번 새롭게 마음먹고 변화하고 싶은 생각을 하기도 한다.

지난 것은 잊더라도, 열심히 하고자 하는 초심은 잃지 말아야겠다. 익숙해진다는 것은 어떤 의미에서 좋은 것이기도 하다. 이미 내 일에 대해 잘 알고, 잘 행해 나갈 수 있는 능력이 있다는 말이기도 하다. 하지만 다르게 생각하면, 변화를 두려워한다는 것으로 비춰질 수도 있다. 그러므로 기존에 행했던 것에 얽매여 있기보다는 초심의 마음으로 돌아가 마음을 다스리고, 앞으로의 일에 대해 노력하며 정진할 수 있는 힘을 키워나가야 할 것이다.

생각해 보면, 그때는 분명히 최고가 될 수 있을 것이라는 긍정적인 에너지가 넘치는 시기였던 것 같다. 지금 나의 마음은 어떤가? 변화가 필요하지 않을까? 한번쯤은 의문을 가질 수도 있을 것이다. 미래를 위해 긍정적인 방향으로의 인생설계가 이루어졌으면 한다.

102
:
인생의 롤러코스터

인생은 긴 시간을 향해 나아가는 장기레이스다. 어떤 사람들은 마라톤에 비유하기도 한다. 나는 지난 시간과 앞으로의 일들에 대해 내 인생을 잘 설계하고, 멋지게 살아가길 꿈꿨다. 하지만 시간이 지날수록 모든 것이 내 뜻대로 되지 않는 현실의 벽에 많이 부딪히곤 했다. 누구나 많은 사람들이 이런 생각을 했을 것이다. 어차피 태어났다면, 앞으로의 인생에 대해 부딪혀 보는 것을 두려워하지 말아야겠다.

TV에서 잘 나가던 연예인들이 한순간에 추락하여 후회하고, 또다시 재기를 꿈꾸는 것을 보았다. 비단 그들만의 일은 아닐 것이다. 평범하게 일상을 살아가는 사람들도 그런 과정을 겪으며 살아가기 때문이다. 누구도 인생의 앞길을 알 수는 없다. 신이 아닌 이상 말이다.

그래서 우리는 지금의 생활에 충실해야 한다. 롤러코스터처럼 우리의 인생은 오르락내리락 하는 것이다. 겸손한 마음을 가져야 하고, 지금 하는 일은 물론 가족들과의 관계에서도 충실한 모습을 보여야 할 것이다. 절대적인 삶이란 없다. 모든 것은 순리대로 진행될 것이다.

실제로도 주변에서 한때는 잘나갔다는 사람들의 이야기를 들어 보았다. 돈을 많이 번 부자였던 사람, 자기 분야에서 최고로 잘나가는 일인자, 높은 직위에 있던 사람들의 이야기를 들을 수 있었다. 하지만 지금도 영원히 그 자리를 누리고 있는가? 그렇지 않았다. 그때 그 시절의 이야기이다.

그래서 중요한 것이 그 시절을 잘 누렸다면 지금까지 한 것을 잘 지키고, 좋은 모습을 간직하는 것이다. 때로는 욕심을 부려서 내가 원하지 않는 방향으로 흘러가게 되는 경우가 발생하기도 한다. 인생의 길이란 아무도 알 수 없다. 그래서 지금이 가장 중요하다. 이를 명심하고 지금의 일을 잘 마무리하여 내 인생의 길을 밝게 만들어가길 바란다.

103
:
진심은 어디서나 통한다

사람을 얻으려면 그 마음을 다해야 하고, 마음을 얻으려면 정성을 다해야 한다. 사람들과의 관계에 있어서 진심이란 정말 중요하다. 특히 윗사람이라면, 말에 대해서 진심을 담고 있어야 한다. 아랫사람이라고 해서 그 사람을 쉽게 생각하거나 관심을 갖지 않고 무시해 버린다면 우리는 마음을 열지 않을 것이다.

또한 체면이라는 것을 중히 여겨 자기를 높게 생각하는 것은 절대 금물이다. 오히려 그 반대의 행동이 자신의 가치를 더 높이게 될 것이다. 공자의 말에도 "원한을 베풀면 원한이 돌아오고, 덕을 베풀면 덕으로 보답 받는다."고 말했다. 사람들이 갖추어야 할 기본적인 덕목이 필요한 이유이다.

사회생활을 하다 보면 우연찮게 다른 사람의 이야기를 하거나, 서로 비방하거나 다투는 일들을 볼 수 있다. 그 행동이 잘못된 것일 수 있지만, 실제로 그 사람들 입장에서는 분명한 이유가 있다. 본인들도 마음으로 다가가고 마음을 열려고 하지만 상대방의 잘못된 태도로 갈등이 생기는 경우이다. 생각의 방향을 바꾸기 위해서는 먼저, 문제의 원인을 살펴보아야 한다. 그리고 해결할 수 있는 방법을 찾아 진심의 마음으로 소통해야 할 것이다. 그러면 서로 존중해 주고, 존중받는 관계를 유지하여 지속적인 관계를 만들게 될 것이다.

과거의 경우, 직장 내의 문화가 수평적인 관계라기보다는 연공서열 중심이다 보니 업무를 처리하는 데 많은 어려움을 겪었다고 한다. 물론, 지금도 다 해결된 것은 아니다. 직장 내에서 우리가 열심히 일하고 있다고 해도 생각지 못했던 일들이 발생하는 이유가 바로 여기에 있다. 심하게 무시당하거나, 좋아하는 사람들의 편을 들어준다든지 하는 이유에서다.

회사는 모든 근로자들이 회사에서 자신만의 장점을 살리고, 잘한 것은 높이 평가받고, 업무를 잘할 수 있도록 주위환경을 만들어 주어야 한다. 하지만 현실은 어떤가? 많은 어려움을 갖고 있는 경우를 볼 수 있다. 그래서 이직을 한다든지, 퇴사를 한다든지 선택하여 본인의 길을 가는 것이다. 하지만 이런 어려움 속에서도 직장 내에서 갖추어야할 덕목들을 잘 갖추고, 남들 앞에서 진심으로 자신을 보여주는 사람들은 회사생활을 잘 유지해 나가는 것을 볼 수 있다.

지금의 힘든 일은 누구나 겪고 있다. 이제 그러한 것을 넘어서라. 본인의 일에 대해 주변에서 힘들게 하는 사람이 있다면, 그 사람의 입장에서 이해하고 진심으로 그 사람과 대화하여 진정으로 좋은 관계를 만들어 가길 바란다.

104
:
직장 내의
인간관계 예절

흔히 직장 내에서 일을 잘하는 것만이 능력을 인정받는 방법이라고 생각한다. 실제로는 일보다도 더 중요하게 여겨지는 것이 있다. 직장 내의 인간관계이다. 우리는 사람들과 일을 하는 것이다. 그렇기 때문에 좋은 인간관계 유지는 필수다. 그러기 위해서는 직장 내에 있는 사람들이 누구인지를 알아야 한다. 즉, 이 말은 사람들의 성격을 잘 파악하고 있어야 한다는 뜻이다.

실제로 직장 내에서 일은 잘한다고 인정받지만 인간관계는 좋지 않은 사람들이 있다. 그래서 한때는 잘 나가다가도 나중에는 좋지 않은 최후를 맞게 된다. 나는 이러한 모습들이 드라마에서만 나오는 것이라고 생각했다. 하지만 직장인의 현실은 대부분 비슷한 상황이었다.

직장인은 모두 급여를 받으며 생계를 유지하기 위해 일을 하는 사람들이다. 개인적 이익을 많이 생각하는 집단이지만, 직장생활의 가장 기본인 예절을 먼저 생각하는 사람이 되어야 한다. 또한 회사의 공동 이익을 만들기 위해 노력하는 사람이 되어야 한다. 자신만의 이익을 추구하는 사람들은 나중에도 큰 인물이 되기는 어려울 것이다. 사소한 행동을 통해 그 사람의 됨됨이를 알 수 있다. 사람들이 느끼는 생각은 대부분 비슷하다.

직장 내에서 서로를 아는 것이 중요한 또 다른 이유는, 이를 통해 그 사람의 개인적인 능력이나 재능을 볼 수 있기 때문이다. 일과 관련해서 직원들의 능력을 적재적소에 잘 활용하면 큰 시너지 효과를 낼 수 있다. 서로의 다름을 인정해 주고, 본인의 능력을 아낌없이 활용할 수 있도록 존중해 주어야 한다.

228

105

:

나를 한번
다시 돌아보라

내가 그동안 인생을 잘 살았는지는 현재의 나를 보면 알 수 있다. 지금 열심히 살아가며 조금씩 성장해 나가고 있다면, 잘 살려고 노력하고 있다는 증거라고 생각한다. 인생을 잘 산다, 못 산다의 기준은 없다고 생각한다. 단지, 자기가 원하는 인생을 잘 그려가며 지금이 행복하다면 남들이 뭐라고 해도 잘 살고 있는 것이다.

하지만 가끔 돈, 권력, 명예에 대한 집착을 갖고 있는 스스로가 느껴진다면, 지금보다 더 큰 것을 원하기 때문이다. 이럴 때 사람들의 욕심은 끝이 없다는 것을 알 수 있다. 왜 사람들은 이런 생각을 할까? 그 이유는 사람들이 더 좋은 조건이나 성취욕 때문에 더 높은 것을 보며 살아가려고 하기 때문이다. 남들보다 자기 자신이 더 위대하다고 생각하기 때문이다.

어떻게 보면 나쁘지 않다. 자기를 발전시켜 나가려고 노력을 하는 것은 좋은 현상이다. 하지만 부정한 마음을 갖거나 이기심, 탐욕에 물들지 말고, 순수하게 노력하는 사람이 되어야 한다. 지금 오른 자리가 부정하다면 언젠가는 문제가 생길 것이다.

실제로 TV에 보도되는 뉴스를 통해서 세상의 일들을 보게 된다. 그때마다 느끼는 것은 세상 속에서 사람들이 원하고 추구하고자 하는 일들이 자칫 잘못하면 과욕을 불러서 안 좋은 결과를 만들 수 있다는 것이다. 내 인생에 대해 잘 살았다고 생각하려면, 먼저 지금의 나를 내려놓고 가장 기본에서부터 스스로를 만들어 가야 할 것이다.

106
:
목표가 있다면
시도하라

인생을 살아가는 것은 한순간이다. 누구나 시간이 흘러가면 없어질 존재라고 생각한다. 그만큼 인생이 덧없다는 생각이 든다. 나는 지금까지 무엇인가를 제대로 이루어본 경험이 별로 없다.

반면 성공한 사람들을 보면 하나같이 공통점이 있다. 그건 바로 자신의 인생에 대해 최선을 다해 노력한다는 것이다. 또한 다른 것들에 휘둘리기보다 자신의 일을 묵묵히 해나가며 삶의 뚜렷한 목표를 지향한다는 것이다. 이런 사람들의 모습을 볼 때 나 또한 변해야겠다는 생각이 들었다. 매일같이 새로운 목표를 세우고, 하루하루의 인생을 소중하게 생각하며 살아가고 싶다.

지금 생각하면, 지난 과거를 돌이켜볼 때 나 자신의 모습이 초라하게 느껴지거나 아쉬웠다는 생각이 든다. 하지만 모두 지나간 과거다. 과거의 것에 너무 얽매이지 말아야겠다. 지금 내 앞에 목표가 있다면, 과거의 나처럼 나를 내버려두지 말고 도전해야겠다. 어차피 살면서 지나가버릴 시간이다. 의미 있는 시간을 많이 만들어 나가는 것이 낫지 않을까?

잘 살고 싶다. 내 길을 묵묵히 걸어 나가고 싶다. 지금 이것이 내가 진정으로 바라는 마음이다. 하지만 무엇이 우리의 생각을 흔들고 있는가? 바로 우리 스스로 너무 많이 생각하고 있다는 것이다. 막연한 두려움으로 우리 자신을 가두지 말아야 한다. 막상 생각하고 실행하려고 하는데 안 될 것에 대한 생각이 가득하다. 당연히 잘될 턱이 없다. 지금 내가 하고자 하는 일을 저지른다고 그것이 반드시 안 된다는 보장은 없다. 오히려 기회를 잘 살려서 나를 성장시킬 수도 있기 때문이다.

보통 회사에서 새로운 트렌드에 맞게 프로젝트를 기획하는데, 그 안에서 새로운 생각과 아이디어를 만들어내기 위한 과정을 진행한다고 했을 때 처음에는 누구나 쉽게 참여를 한다. 그런데 그 안에서 우수한 성과를 낸 사람들도 대부분 다른 사람과 비슷한 생각을 한다. 차이를 만들어내는 것은, 성과를 낸 사람은 끝까지 그 일을 마무리 짓기 위해 더 고심하고, 조사하고, 알아보았다는 것이다.

한두 번 목표를 이뤄내지 못했다고 '이것은 내 분야가 아니야, 내가 잘 모르는 일이야'라고 생각하기보다 끝까지 하고자 하는 마음으로 시도해 보는 것이 진정으로 필요할 것이다. 지금 나를 위해 위대한 도전을 한다고 생각하자. 비록 지금의 모습이 못마땅하더라도 말이다. 분명히 지금보다는 더욱 커진 나를 보게 될 것이다.

107
:
나의 행동과 태도를
보여주는 것

나의 지난 일들을 돌아볼 때 생각나는 것이 있다. 나 자신을 냉정하게 돌아볼 줄 알아야 한다는 것이다. 나 스스로를 보면 문제가 한두 군데가 아니다. 그중에서도 가장 큰 것은 내가 믿을 만한 사람인가이다. 사람들이 나를 바라보았을 때 나의 행동과 태도는 어떠한 모습일까?

나는 인간관계가 가장 어려운 것 같다고 생각한다. 나를 바라보는 사람들의 평가가 무섭다는 것이다. '그 사람은 어떠한 사람이다.' 우리가 어떠한 모습을 지속적으로 보여주면 사람의 인식이라는 것을 통해 우리는 어떠한 사람으로 평가받게 될 것이다. 그래서 우리의 행동과 태도가 중요하다는 것이다.

나는 일에 있어서 그런 생각이 든다. 내가 모든 것을 다 안다고 생각하며 자만하지 말아야 한다고 생각한다. 여러분도 다른 사람을 알아가며 그 사람을 평가하게 된다. 하지만 어떤가? 다 내 마음에 들던가? 절대 그렇지 않을 것이다.

나는 스스로 경험하고, 행동하는 사람을 따라야 한다고 생각한다. 그 이유는 실제로도 믿음이 가기 때문이다. 행동보다 번지르르한 말만 앞서고, 그 앞에서 제대로 실행하지 못하는 경우를 보았다. 얼마나 창피한 일인가? 하지만 내가 직접 경험하고 행동하여 결과로 보여준다면, 오히려 따르고 배우고 싶다는 생각이 들 것이다.

사람들이 갖고 있는 잘못된 생각 중의 하나가 커다란 권위의식이다. 물론 일을 하기 위해서 그 사람의 영향력을 행사하는 것은 있을 수 있다. 하지만 그것이 사람들에게 잘못된 것으로 받아들여져 독단적인 생각과 이미지로 인식된다면 결국 잘못된 권위의식으로 비춰질 수 있다. 실수했다면 사실대로 나를 내려놓고 인정하라. 사람들이 당신의 태도를 보게 될 것이다. 그리고 일을 더 쉽고 유연하게 처리할 수 있을 것이다.

말보다 행동으로 보여 주어야 한다. 나의 생각과 태도를 유창한 말로 표현해 사람들의 마음을 사로잡았다면 그로 인한 행동도 뒤따라야 할 것이다. 그래야만이 사람들이 나를 따라서 움직일 것이다.

108

멘토를 통한
시행착오 개선

어떤 중요한 일을 결정할 때 우리는 항상 문제의식을 가져야 한다. 일에 대한 양면성을 보기 위해서이다. 어떤 일이든 항상 좋은 면만 볼 수는 없다. 그래서 하나의 일에 대해서도 여러 각도로 생각해 보고, 그것을 실행하는데 있어서 꼼꼼히 분석하고 결정해야 추후에 문제가 없다.

직장 내에서 일을 할 때 업무를 처리하는 사람들마다 각자의 방식이 있다. 그것을 똑같이 따라해 보는 것도 좋은 방법이 될 것이다. 여러 가지 일을 처리해야 할 때 가장 빠르고 쉽게 처리하는 방법을 익히게 될 수 있기 때문이다. 그중에서도 가장 좋은 방법은 나만의 멘토를 만드는 것이다. 일을 함에 있어 사람들마다 자기만의 스타일이 있음은 분명히 알 수 있다. 사람들이 자기가 좋아하는 사람을 따라하는 것도 그 사람의 생각과 방식이 자신과 잘 맞다고 생각하기 때문이다.

우리는 좋은 멘토를 만나야 한다. 멘토를 통해서 일하는 데 아주 많은 도움을 받을 수 있기 때문이다. 좋은 멘토를 만나는 것도 중요하지만, 좋은 멘티가 되는 것 역시 중요하다. 멘토가 아무리 많은 도움을 주었다고 해도, 멘티가 그것을 받아들이지 못했다면 아무 소용이 없기 때문이다. 좋은 멘토링은 서로가 함께 공유하고, 그것을 좋은 기회로 발전시키는 것이라고 할 수 있다.

우리는 현재의 상황에 대해 논리적인 생각을 하며, 문제를 잘 해결할 수 있는 방법에 초점을 맞추어야 한다. 처음에는 멘토의 업무 방식을 따라할 때 시간이 좀 걸릴 수도 있다. 그렇지만 현재의 업무 방식을 효율적인 방법으로 배우는 것이 중요하다. 그것이 가장 빠르고 좋은 방법임을 명심해야 한다. 그 사람의 노하우를 배워서 내 것으로 만들어라. 새롭게 재창조된 인물로 나를 만들게 될 것이다.

109

:

일에 대한 열망

일을 함에 있어서는 마무리가 중요하다. 그 이유는 시작이 반이라는 말이 있듯이, 일을 했으면 끝을 봐야한다고 생각하기 때문이다. 끝맺음이 중요하다는 말이다. 주변에서도 일을 잘하는 사람을 보면, 자신의 일에 대해서 끝까지 책임을 지는 사람들이다. 반면에 자신의 일을 남에게 미루거나, 더 이상 본인한테 일이 넘어오는 것을 싫어하는 사람도 많다. 조직에서 근무하는 사람들은 이런 사람들을 아주 싫어한다.

일에 대해서 생각하는 관점을 바꾸었으면 좋겠다는 생각이 든다. 이 일이 만약에 내가 운영하는 사업체라면 과연 이렇게 내버려둘까? 그렇지 않을 것이다. 내가 일을 경영하는 사장이라고 생각하자.

지금 내 상황을 보면, 조직 내에서의 생활에 익숙해져서 습관적으로 일하는 경우가 대부분인 것 같다. 처음 열망하며, 내 회사로 만들겠다는 큰 포부는 다 어디로 갔을까? 나 자신 스스로가 한심하다고 느껴지곤 한다. 지금이라도 생각을 다시 고쳐먹고, 나의 장기플랜에 대해 돌아보고 반성하는 시간을 가져야겠다는 생각이 든다. 초지일관이란 말이 있듯이, '사람이 뜻과 마음이 하나로 일관해서 큰 뜻을 이루는 것'은 상당히 중요한 일이다.

대부분의 사람들이 자신의 생각한 것에 대해 지내오며, 많은 시련과 고통을 겪으면서 생각이 변해가는 과정을 볼 수 있다. 누구에게 잘못이 있는 것은 아니다. 시간의 흐름에 따라 상황이 많이 변하기 때문에 이해해야 한다. 하지만 다시 한 번 도약하기 위해 힘써야 할 것이다. 지금 상황에 대해 비관하지 말고, 앞으로의 잘될 것을 예견하며 끝까지 해 보자는 근성을 키워보자. 분명 좋은 길은 열릴 것이다.

110

:

포기하지 말고
도전하자

지금 내가 하고 있는 일들의 지난 과정을 돌아보면 많은 어려움과 문제들이 도사리고 있었다는 것을 기억한다. 어떤 일이든 다 그렇다. 쉬워 보이지만 그 내부에 깔려있는 일들은 우리들만이 알고 있다. 남들의 일에 대해 함부로 판단할 수 없는 이유가 바로 그것이다.

실제로 우리 주변에서 일어난 일들 중에도, 시험이라는 제도를 보면 이러한 사실을 알 수 있다. 시험공부를 똑같이 열심히 했지만 성적에 있어 다른 사람들과의 차이를 보이는 이유가 노력에 대한 기준의 차이라고 생각한다. 물론 개인차는 있지만 동시에 똑같은 조건이라면, 노력하는 정도와 방법의 차이에 따라 결과가 달라지는 것 같다. 그래서 자신만의 원칙이 필요한 것이다.

주변에 있는 사람들 중에서도 보면, 100명이라고 가정하면 11등에서 100등까지는 큰 차이를 보인다. 하지만 10등 내에서는 거의 실력이 비슷하다고 한다. 그 이유는 노력하는 정도가 거의 비슷하지만, 그 안에서도 미세한 정도의 차이에 따라 다른 결과가 나타나기 때문이다. 그래서 우리가 상위권에 있을수록 그 차이를 극복하기 위해 더 열심히 해야 하는 것이다.

나는 절대로 포기하지 말라고 말하고 싶다. 지금 순간에도 머릿속에 많은 유혹들이 넘쳐날 것이다. 하지만 생각을 바꿔라. 지금 포기하는 순간 지금과 같은 고통을 앞으로 더 지고 갈 수도 있다. 나 또한 한때의 유혹에 넘어간 학창시절이나 직장생활을 돌이켜 보면, 많은 시련에 대해 포기했던 순간들이 너무 많았던 것 같다. 포기하는 습관보다 싸워서 이겨 내고, 내 안의 성공 에너지가 가득하도록 나를 만들어 가기 바란다. 포기하는 순간, 그 고통은 다시 반복될 것임을 명심하자.

240

111
:
실패의 과정을
관찰하자

인생에서의 실패란 불가피한 것이다. 사람들이 무조건 실패하지 않고 산다는 것은 불가능하다고 말할 수 있다. 만약 그렇게 산다면 그는 신이나 다름이 없을 것이다. 그렇다고 실패에 대한 두려움으로 너무 조심스럽게 산다는 것은 현실에서 있을 수가 없다. 조심스럽게 살더라도 약간의 위기는 피해갈 수 있겠지만, 실패를 통한 다양한 경험은 얻을 수 없을 것이다. 뿐만 아니라, 이러한 실패를 통해 사람들은 더 현명해지고 더 강한 사람으로 거듭나는 경험을 하게 될 것이다.

언젠가 한 개의 프로젝트의 보고서를 작성하다가 실패한 일이 생각난다. 프로젝트를 진행하면서 전체적인 계획은 세웠으나, 일을 진행하는 데 있어서 여러 과정들에 대해 꼼꼼히 파악하지 못해서 낭패를 본 적이 있다. 그때 당시 일하는 과정은 등한시하고, 잘될 거라는 막연한 자신감만 가지고 진행하다가 일의 중간 과정을 놓치고 만 것이다. 일할 때 제일 중요한 것은 일을 진행할 때의 중간 과정이다. 중간 과정이 잘 이루어져야 좋은 결과 또한 나올 수 있기 때문이다.

하지만 지금 생각하면 오히려 잘된 일이라 생각한다. 왜냐하면 그 일을 통해 오히려 새로운 방법과 중요성을 알게 되었기 때문이다. 우리는 실패의 과정을 다 끝난 일이라 생각하지 말아야 한다. 오히려 실패를 발판 삼아, 그것을 기회로 전환시키는 유연성을 가져야 한다.

누구에게나 실패는 있을 수 있다. 지금 한번 실수한 거라면, 앞으로는 더 잘할 수 있다는 마음을 갖고 새롭게 도전하자. 그러한 자세가 중요한 것이다. 나는 지금도 그때 일을 생각하면서 지금 하는 일의 과정을 시도하고, 또 실패한다. 결국 그러한 과정의 연속이 지금의 나를 성장시켜 나가는 것이 아닐까 생각한다.

112
:
시대가 원하는
리더의 조건

현재의 시대는 사람들에게 많은 능력을 요구한다. 실제로도 조직 문화가 빠르게 변화하고 있다. 세상의 모든 일들이 글로벌화 되고, 정보 소통이 빨라지고 점점 다양해지고 있기 때문이다. 과거에는 한 가지만 잘해도 평생을 먹고 살았지만, 요즘 시대에는 전문적인 능력과 함께 다양한 자질이 요구되고 있다.

과거보다 생활 여건이나 편리성 부분이 좋아진 것은 사실이지만, 지금의 시스템을 보면 더 많은 것을 알아야 하고, 조직 내에서도 더 많은 것을 요구한다. 이에 따라 우리는 조직이 원하는 조건을 갖추어야 한다. 지속 성장만을 강조하여 앞으로 나아가는 것도 중요하지만, 잠시 생각하며 앞으로 나아갈 방법에 대한 진지한 고민이 필요한 시기가 아닌가 생각된다.

우리는 리더의 행동을 배우고 따라간다. 그래서 리더라면 회사의 성장도 물론 중요하지만, 직원들과 진정으로 고민하며 미래를 만들어 나가기 위해 감성적인 리더십으로 직원들과 소통을 해야 한다.

그러한 것들로 하여금 서로 간에 신뢰를 쌓고, 이를 통해 더 앞으로 나아갈 수 있지 않을까 생각한다. 또한, 세월호 사건 이후 리더가 가져야 할 덕목 중에 하나로 '원칙과 기본'을 들 수 있다.

세상이 변하고 있더라도, 사람들이 갖추어야 할 가장 기본이 되는 덕목을 무시한 채 조직을 영위하기는 힘들 것이다. 세상의 달콤한 유혹에 현혹되어 나 자신을 잃어버리고 책임감 없게 행동한다면, 모든 것은 쉽게 무너지고 말 것이다. 기존의 관행대로 유지만 할 것이 아니라, 세상의 흐름에 맞게 투명하고 공정하게 변해야 할 것이다.

결국은 이것이 우리가 원하는 리더의 조건이 아닐까 생각된다. 우리는 모두가 미래의 리더이다. 어떤 일을 하든 모든 것이 미래의 트렌드에 맞춰 변화하고 있다. 그런 것처럼 과거의 방식에만 얽매이지 말고, 앞으로를 보았으면 한다. 진정으로 우리가 만들어 갈 미래라는 것을 바라보며 일을 행하며 나아가야 한다.

113
:
변화의 필요성

요즘 나는 스스로에 대해 정말 많은 생각을 하게 된다. 그 이유는 시간의 흐름에 따라 변화하는 많은 과정을 겪고 있기 때문이다. 내가 지금 살아가는 것이 정말 잘 살고 있는지, 무엇을 꿈꾸며 살아가고 있는지 말이다. 물론 내가 갖고 있는 목표도 있지만, 시간이 지나면서 내 생각이 짜인 틀 내에서 맴돌고 있다는 생각이 들었다. 그리고 어떻게 하면 내 자신이 변화할 수 있을까란 의문을 갖게 되었다.

그것에 대한 답으로 나는 내 생각의 틀이나 방식을 변화시키는 것이라고 생각한다. 즐겁게 살아가는 것이 인생의 주목적이라 생각한다. 지금 내가 겪고 있는 생각의 틀에서 벗어나 즐길 수 있는 것들, 내가 의미 있게 생각하고 있는 일들을 만들어야 한다는 생각이 든다. 물론 한번에 많은 것을 할 수는 없지만, 일주일 단위라도 나 자신을 위해 시간을 투자해 보는 것이다. 학습, 운동, 여행, 취미활동 등을 해 보는 것이다.

나는 인생의 한 부분을 살고 있는 것이다. 매년마다 의미 있는 일들을 만들어야겠다는 생각이 든다. 어차피 잠시 뒤면 이 시간도 지나가버리니까 말이다. 여러분도 지금 나와 비슷한 생각을 하고 있을 거라 생각한다. 일상이 지루해지거나 느슨하다고 생각된다면 나를 자극할 수 있고, 즐거움을 느낄 수 있는 일들을 많이 만들어 나가는 것도 나를 변화시킬 수 있는 힘이 된다. 사람들이 변화라는 것을 받아들이는 것이 사실 쉽지는 않다. 또 무언가를 새로 해야 한다는 그런 막연한 두려움이 생기기 때문이다.

하지만 앞으로의 미래는 많은 것을 배워야 한다. 새로운 것에 적응을 하지 못한다면 도태되고 말 것이다. 단적인 예로 스마트폰이라는 것이 출시되었을 때, 젊은 세대는 좋은 기능들을 빨리 캐치하고 받아들였다. 반면, 과거의 것에 익숙한 세대에게는 스마트폰이 스트레스로 다가왔다는 이야기도 꽤 들을 수 있었다.

앞으로 이런 다양한 정보와 방식에 대해 관심을 갖고, 미래에는 어떤 사업이 주목을 받게 될 것인지 생각해 보는 일은 매우 중요하다 생각된다. 그래서 과거의 것을 소중하게 생각하며 미래라는 트렌드를 잘 보는 안목이 필요하다.

114

···

위기를 유연하게
다루는 방법

누구에게나 위기의 순간이 찾아온다. 나는 위기는 매 순간마다 찾아온다고 생각한다. 인생이란 넓은 바다를 항해하며 노를 저어가는 것처럼 항상 매 순간마다 위기가 찾아온다. 항상 이런 생각을 많이 한다. 어떻게 살아가야 할까?

나 스스로 좀 더 의미 있는 많은 시간을 만들며 살아가고 싶다는 생각이 든다. 하지만 세상은 호락호락하지 않다. 항상 위기가 지나가면 잠잠하다가 또 다른 위기가 찾아오는 것을 느낄 수 있다. 그래서 누구나 완벽한 삶은 없는 것 같다.

우리는 인생을 살면서 어쩔 수 없이 이런 일들을 겪게 된다. 방법은 있다. 우리가 살아가는 방식에 대해 점검해 보는 것이다. 늘 똑같이 될 수 없다면, 이런 상황을 만들게 되는 원인들을 유연하게 대처하는 것이다. 그렇게 살아가는 것이 인생인 것 같다.

나는 실제로 완벽한 것을 꿈꾸었었다. 하지만 이것은 애초부터 없었던 것이었다. 죽을 때까지 우리가 풀어가야 할 인생의 숙제인 것이다. '구하라, 찾으라, 두드리라'라는 성경 말씀처럼, 어떠한 상황에서든 지혜롭게 대처할 수 있고 자신감을 가지고 담대하게 나아가기 위해서는 어쩔 수 없이 내가 움직여야 한다. 상황을 회피하지 말고, 자신감 있게 나아가야 한다. 그것이 우리의 삶을 멋지게 바꿔줄 것이다.

직장에서 일을 하며 누구나 한번쯤은 생각해 보았을 것이다. 내가 계획한 것을 시도하려고 하는데, 다른 사람들이 그것은 맞지 않다며 지적을 할 때가 있다. 이 과정에서 나의 입장만을 고수할 것이 아니라 유연하게 상대방의 생각을 받아들이는 것이 중요하다.

물론 그것이 답이라고 말할 수는 없다. 여러 사람들의 생각 중 공통된 생각과 관점의 차이를 이해해야 한다. 그것이 결국에 최종적으로 검토되어 하나의 좋은 업무의 성과를 만들게 될 것이다. 나의 의견만을 절대로 고집하지는 말자. 일단 타인의 생각을 존중해 주고, 그것을 참고하여 더 좋은 결과를 만들어 보자.

115
:
사람들의 마음을
사로잡으려면

　사람들과 일을 하다 보면, 가끔 나도 모르게 무의식적으로 권한에 대해서 내가 갖고 있는 역할과 위치에서 행하면 안 되는 권위의식을 가질 때가 있다. 일을 하는 곳에 사람들이 모인 목적은 그 집단에서 한뜻을 이루기 위한 것이다. 그러므로 아무리 상대가 서툴다고 해서, 사람들의 나이가 어리거나 경험이 부족하다고 해서 그 상대를 누르거나 억압해서는 절대로 안 될 것이다. 중요한 것은 현 상황에서 가장 지혜로운 방법을 찾는 것이다.

　만약 내가 이 위치라면 이 사람들을 어떻게 대할 것인지 고민해 보고, 사람들의 심정과 마음을 이해해야 한다. 사람들에게 무언가를 지시할 권한이 주어지는 것이지, 권위의식을 가지라는 뜻은 아니기 때문이다. 우리는 먼저 사람들의 마음을 사로잡아야 한다. 조직이 올바른 방향으로 흘러가기 위해서는 리더의 마음가짐, 자세가 필요하다. 다른 사람들이 생각하는 비즈니스 매너를 갖추어야 한다.

　어떤 물건을 판매할 때도 그렇다. 절대 사람들에게 다가가서 먼저 물건에 대해 판매를 권유해서는 안 된다. 가장 먼저 사람과의 신뢰관계를 구축하고, 그것을 통해 관계를 만들어 나가야 한다. 사람들은 보통, 먼저 물건을 살 것을 권유하는 것에 대해 거부감을 갖기 때문이다. 그래서 세일즈에 있어서 사람들과의 관계가 중요하다.

조직 내에서도 이런 일들이 많다. 사람들의 속마음을 잘 알아야 한다. 요즘 조직 내의 이슈나 관심거리 등을 잘 알고 접근해야 한다. 그래야만이 서로가 소통하며 사람들의 마음을 알게 될 것이다. 또한 너무 무거운 이미지보다는 사람들이 편안하게 다가올 수 있도록 좋은 인상을 보여주는 것이 필요하다. 그래야만이 사람들이 마음을 열고, 내가 원하는 것에 관심을 가져줄 것이다.

116

:

겸손함은 신뢰의 기초

사람들 간의 관계에서 중요한 것이 무엇이라고 생각하는가? 나는 겸손이 아주 중요한 덕목이라 생각한다. 아무리 일을 잘해도, 아주 높은 지위에 있더라도 그 사람 됨됨이, 즉 평판이 좋지 않다면 틀렸다고 사람들은 말한다. 그만큼 인간성이 중요하다는 것이다. 그 이유는 그 사람이 좋은 관계를 맺더라도 변심할 가능성이 크다고 생각되기 때문이다.

결국 겸손하지 못한 사람의 자만함과 허세는 지금은 사람들이 들어주더라도 언젠가는 무너지고 말 것이다. 다른 사람들과 좋은 관계로 발전하기 어렵기 때문이다. 실제로 주변에서도 인간관계가 좋지 않은 사람들을 유형을 볼 수 있다. 그런 사람의 특징은 인간적인 면모가 많이 부족하다는 것이다. 자신의 관점에만 너무 치우쳐 사람들의 마음을 이해하지 않고, 본인의 업적과 이해관계가 있는 사람들과의 관계만을 중시한 사람들이다. 결국 그 사람이 원하는 것은 이루었지만, 그 사람이 안 좋게 되서 떠났을 때 다른 사람과의 관계가 자연스럽게 멀어지는 것을 볼 수 있었다. 사람들의 마음은 대부분 비슷한 것 같다.

이와 반대로 인간관계가 원만한 사람들을 특징이다. 하나같이 다른 사람들의 이야기를 잘 들어주고, 그 사람들에게 말하기보다 질문하기를 더 좋아한다. 그리고 긍정적으로 받아들이기 때문에 늘 주변에 사람들이 끊이지 않는다. 또한 태도나 얼굴에서 좋은 향기가 풍기는 그런 느낌을 받게 된다.

조직 내에서 그러한 모습을 가진 사람들이 많아져야 할 것이다. 내 중심에서가 아니라 상대방의 입장에서 생각을 해본다면 그 사람들이 무엇을 원하는지, 어떻게 해야 하는지 답을 찾을 수 있을 것이다. 우리는 혼자서 살아가는 것이 아니다. 많은 사람들과 더불어 살아가기 때문에 항상 본인의 겸손한 마음을 잃지 말아야 할 것이다. 그래야만 모두가 일하고 싶은 조직이 만들어지지 않을까란 생각이 든다.